LINZ KULTUR TEXTE

1992

Rudolf Habringer

Aus. Endlich

Erzählungen

LINZ KULTUR

LANDESVERLAG

Schriftleitung: Peter Kraft
Vertrieb: VERITAS-Verlag
Gedruckt in Österreich; 1. Auflage/1992
Gesamtherstellung:
LANDESVERLAG Druckservice Linz
ISBN 3-85214-568-6

Sieben Tage

Montag

Plötzlich ein dumpfes Aufschlagen wie von einem Preßlufthammer auf Beton. Wie ein Stemmeisen ihr den Schädel spaltet, das Gehirn freilegt. Eine Glocke, an der wie wild gezogen wird, warnt vor dem Sturm.
Aufgeschreckt fährt eine Hand aus dem Bett und bringt den Wecker mit einem Schlag zum Verstummen. Durch die Wucht der Züchtigung kippt die Uhr um, nervös tickt der eiserne Apfel. Die Hand tastet sich weiter, erfühlt einen Kasten aus Plastik, drückt eine Taste, sofort springt das Radio an, speit Musik aus, wie lange zurückgehalten. Die Hand kriecht ins Bett zurück.
Um fünf Uhr dreißig früh sprechen in einem abgedunkelten Raum Stimmen aus dem Radio auf eine in ihrem Bett vergrabene Gestalt ein, es ist eine Frau.
Geh in das Möbelhaus mit dem Elch, putz Dir Deine Zähne nur mit Superweiß, Dein Geld lege in unserer Bank ein, hol Dir die tägliche Frische und Sicherheit aus unserer Spraydose, beschwören die Stimmen den regungslos liegenden Körper, wie um ihm ihr Leben einzuhauchen. Musik wie Honig träufelt aus dem Gerät und schmiert sich der Liegenden ins Haar. Nichts reizt den freiliegenden Kopf, blöde plärrt die Sprecherin den Spruch des Tages, der ungehört im Raum versickert. Laute Geräusche, wie Pochen und Hämmern, das Klirren von Stahl, folgen, eine Maschinenhalle,

die in Schwingung versetzt wird, Rohre, die rhythmisch dampfen und verkochen, Glas, das getimet zerspringt, Eisen, regelmäßig angeschlagen, Blech, das sich im Takt wellt: neueste Popmusik. Das ist eine Erkennungsmelodie, das ist eine Ouvertüre, es singen die Sirenen der Arbeit, die rufen eine Schlafende in den Tag.
In der Dunkelheit bewegt sich eine Gestalt, ein Kopf dreht sich, zwei Hände greifen in die Luft, ein nacktes Bein taucht aus der Wärme auf, ein tiefer Atemzug tritt gegen den Radiolärm an, kurz, und unterliegt, eine Traumfrau kehrt zurück und wird Köchin.
Sigrid liegt im Finstern da, mit geschlossenen Augen noch, sieht, wie die Lichter der Nacht erlöschen, ein neuer Tag heraufdunkelt. Der erste Augenaufschlag geht ins Leere, findet kein Gegenüber, der erste Augenblick sucht sich ins Schwarz: das ist der erste Tag der Woche.
Sie stellt das Radio leiser. Bis der Vater schreit, ist noch Zeit, Zwischenwelt. Liegend hört sie Geräusche von draußen: das Knarren einer Tür, ein Schlurfen über den Gang, das Rauschen der Klospülung, das ist der Vater, leichtere Schritte die Treppe hinunter, das ist die Mutter, das Singen der Wasserleitung, das von der Küche heraufdringt, schließlich wieder den Vater, wie er an ihrem Zimmer vorbeischlapft. Bei schlechter Laune hätte er jetzt schon geschrien, *normal* schreit er erst von unten herauf, wenn er mit dem Frühstück begonnen hat. Sigrid ißt nichts am Morgen, trinkt höchstens eine Tasse Kaffee.
Wenn sie sich von außen beobachten würde: wie sie sich aufrichtet, auf die Bettkante setzt,

sich durchs Haar fährt, sich streckt, gähnt, das Nachthemd abstreift, noch immer im Finstern zum Kleiderkasten tappt, um sich Wäsche herauszuholen. Der Gang ins Badezimmer, barfuß, in der Unterwäsche, flüchtig mit tropfnassen Fingern durchs Gesicht gefahren, das Schminktäschchen wird heute nicht angerührt. Wie wenn sie in Wirklichkeit noch immer auf dem Bett säße und sich selbst zuhörte: das tapsende Geräusch der Füße auf den Fliesen hört sie, das Plätschern des Fließwassers, wie ihre Hände ihr ins Gesicht klatschen, das Reiben des Handtuchs, wie von weit weg, bis der Vater schreit.
Wo bist Du denn noch, mach doch endlich weiter, brüllt er durch das Stiegenhaus und poltert wieder in die Küche zurück, ohne eine Antwort abzuwarten.
Als Sigrid in die Küche hinuntergeht, ist sie fertig angezogen, den Kaffee schlürft sie im Stehen. Auch unten läuft ein Radio, hier aber der Lokalsender. Die Nacht hindurch hat es geschneit, ein Sprecher warnt die Autofahrer vor glatten Fahrbahnen und weist auf einen Verkehrsstau hin. Der Vater dreht den Apparat lauter.
Wenn er mit dem Frühstück fertig ist, kann gefahren werden. Den Tisch räumt die Mutter ab. Geredet wird nichts.
Sigrid sitzt im Auto auf dem Beifahrersitz. Den Führerschein hat sie vor einem Jahr gemacht. Solange der Vater noch fähig ist, das Lenkrad zu halten und das Gaspedal durchzutreten, braucht sie sich keine Hoffnungen machen, fahren zu dürfen.
Während der Fahrt in die Stadt wird nichts gesprochen. Aus dem Lautsprecher des Autora-

dios dröhnt Musik, hört man, wer heute Namenstag hat. Kurz vor der Stadteinfahrt geraten sie in den Verkehrsstau. Der Vater flucht und zündet sich seine erste Zigarette an. In einem Autobus, der neben ihnen in der Kolonne steht, pressen die Menschen die Gesichter an die beschlagenen Fensterscheiben. Sigrid sieht, wie ein kleines Mädchen mit dem Finger ein Herz auf die Scheibe malt. Der Name, den es hineinschreibt, beginnt mit einem S, was von außen wie ein Fragezeigen aussieht. Die weiteren Buchstaben kann Sigrid nicht mehr entziffern, weil die Kolonne wieder in Bewegung kommt, der Bus bleibt auf der anderen Spur zurück. Vorbei an Lagerhallen, Großmärkten, Fabriksgebäuden, Tankstellen, Haltestellen führt die Straße in die Stadt hinein. Stefan wäre möglich, denkt Sigrid, Sven vielleicht, mehr Namen fallen ihr nicht ein. Einen Stefan kennt sie, von der Berufsschule her, vor dessen Pickelgesicht hatte ihr immer geekelt. Sascha fällt ihr noch ein, der Name eines Schauspielers. Werner kann sehr zornig werden, wenn sie von einem Schauspieler schwärmt. Das kann ich Dir nicht bieten, fährt er sie dann wütend an, such Dir einen, wenn Du glaubst, daß es Dir mit so einem besser geht, sagt er und kann tagelang beleidigt sein. Der Vater fährt viel zu schnell und hält keinen Abstand zum Vordermann. So paß doch gefälligst auf, platzt es unvermutet aus Sigrid heraus, als er den Wagen abrupt abbremst. *Halt Du den Mund*, entgegnet der Vater.
Von weitem sieht man die Rauchfahnen, die von den Fabriksschloten und den Hochöfen über die Stadt ziehen. Es ist kurz nach sieben Uhr früh, als sie den Schlagbaum zum

Betriebsgelände passieren. In der Nähe der Betriebsküche steigt Sigrid aus, der Vater fährt weiter zur Schlosserei, die sich am anderen Ende des Werksgeländes befindet.
Das letzte Stück geht sie zu Fuß.

Also, die Sigrid ist in Ordnung, beruflich gesprochen, sagt der Vater. Man hat es sich schon überlegt, wo man sie hingibt nach der Schule, das ist klar. Die Küche ist in Ordnung, dort lernt man schon einiges, da ist nichts zu sagen. Heutzutage kann man sich seinen Arbeitsplatz ja nicht mehr unbedingt aussuchen, da muß man sagen, daß sie Glück gehabt hat, sagt der Vater in das Mikrophon hinein.
Einen Koch kenne ich, sagt der Vater, der ist aus unserem Markt. Du, sage ich, habt Ihr nicht eine Möglichkeit für unser Mädchen und schon eine Woche später hat sie sich die Sache einmal angeschaut und zum nächsten Monatsersten mit der Arbeit begonnen. Nach fast vier Jahren könnte man wirklich nicht sagen, daß es ihr nicht gefällt, das Betriebsklima ist, soweit ich da Einblick habe, tadellos, sagt der Vater beim Interview.
Ich bin jetzt gut zwölf Jahre in der Rohrschlosserei und kann nicht klagen. Sicher, man wird älter, das schon, aber die schweren Sachen läßt man dann halt die Jungen heben, das ist weiters kein Problem. Man ist ja nicht unbescheiden. Hauptsache, daß man gesund bleibt und der Arbeitsplatz gesichert ist.
Die Sigrid hat vielleicht nicht immer das von uns bekommen, was sie sich gewünscht hat, aber ein Verzicht kann auch nicht schaden, das Leben ist kein Spiel, das sieht sie selbst. Bei

den Burschen rede ich ihr nicht drein, von mir aus kann sie mit jedem gehen, wenn er anständig ist. Ihr erster Freund war ja ein Elektriker, der wäre nicht schlecht gewesen (lacht). Na ja, kannst nichts machen
Genügt das oder wollen Sie sonst auch noch was wissen, fragt der Vater die Interviewer.

Dienstag

Borg mir bitte eine Zigarette. Gib mir die Schürze bis nächste Woche wieder zurück. Zieh Dir die Gummistiefel an. Komm heute ja nur der Reiter nicht zu nahe. Halt den Kopf gerade, sonst hält die Haube nicht. Du übernimmst mit Mathilde die Eier. Die Schalen bringt ihr hinaus zu den Tonnen. Wenn Ihr fertig seid, meldet Euch bei mir. Vertrödelt keine Zeit. Schalen möchte ich keine drinnen sehen. Paßt auf, daß Ihr nicht auf den Boden patzt. Bindet Euch die Haare ordentlich zusammen. Was schaut Ihr denn noch, los, an die Arbeit!
Stell doch den Bottich so in die Mitte, daß ich hingelangen kann. Mach kein so fades Gesicht. Sei gescheit und laß Dich bei dem auf nichts ein. Wehe, wenn Du auf die Gerti hörst. Von der brauchst Du Dir nichts dreinreden lassen.
Diese Palette nehmt noch dazu. Beeilt Euch, daß Ihr in einer Viertelstunde fertig seid. Redet nicht so viel bei der Arbeit.
Sigrid, Telefon. Dem kannst Du ausrichten, daß Anrufe während der Arbeitszeit verboten sind.
Du stehst bei der Suppe. Schöpf nicht zuviel

hinein. Schau, daß Du von unten auch etwas erwischst. Der Salat geht Dich nichts an. Bring dem Herrn Ingenieur das Tablett hinüber. Eine Serviette hättest Du schon drauflegen können. Paß auf, wo Du die Terrine hinstellst, da fällt man ja drüber.
Spritz nicht so herum. Stell Dich nicht so dumm an. Das Tablettwagerl kannst Du auch noch putzen. Hol mir das Cif von drüben. Warte mir noch einen Augenblick. Sag bitte nichts.

Ich habe mir schon vor ein paar Tagen gedacht, daß der Chef etwas zu ihr sagen wird, erzählt Rosi Sigrid in der Halbzehnuhrpause im Garderobenraum bei einer Zigarette. Heute früh war es wieder besonders arg, die Margit hat ja so getan, als ob sie noch nie ein Hendl paniert hätte, ich glaube, sie ist um mindestens zwanzig Stück hinten gewesen. Und wie ihr ein Trumm hinuntergefallen ist, hat sie sich danach gebückt und ohne es abzuputzen in die Pfanne geworfen. In diesem Moment ist aber der Chef hinten hereingekommen und hat gesehen, was sie treibt. Frau Steiner, kommen Sie doch einmal mit, hat er gesagt, ob sie was darauf gesagt hat, habe ich nicht gehört, erzählt Rosi, aber sie hat mit ihm hinausgehen müssen, wir haben einstweilen weiter paniert und nach zirka einer Viertelstunde ist sie dann wieder hereingekommen, aber einen ganzen Satz hast Du nicht mehr herausgebracht aus ihr, sie hat nur Rotz und Wasser geheult, der Chef hat gesagt, daß sie sofort zusammenpacken kann und gehen, sie ist nicht für die Küche geeignet, hat er gesagt. Eine Viertelstunde ist sie mindestens noch dagestanden und hat nur geheult, was soll sie denn machen, wie soll sie das ihrem Mann beibringen, jetzt hat sie schon wieder eine Arbeit verloren, dann ist sie auch noch zu jeder hin und hat ihr die Hand gegeben, was sollst Du denn da viel sagen, wenn sie doch selber schuld daran ist, das habe ich ja von Anfang an gewußt, daß sie die Arbeit nicht schafft, leidtun kann sie einem schon, aber was kannst Du machen, erzählt Rosi Sigrid in der Pause.

Dreitausend Eier nimm, und schlag ihnen den Kopf ab, Stück für Stück, die Dotter wirf in das Geschirr und laß die Sonne aufgehen, dreitausendmal. Die Schalen brich auf und wirf hinter Dich, und geh den tausend Sonnen nach, ins Licht.

Und ins Licht geht sie und in eine Wüste hinein, dorthin, wo es am heißesten ist und wo ihr der glühende Sand die Sohlen verbrennt, und weiter geht sie, bis vor und hinter ihr nichts ist als Wüste und ober ihr kein Himmel mehr, so weit geht sie hinein. Dort bleibt sie stehen und dreht sich um, und keine Spur führt weg von ihr, und sie weiß nicht, wo Norden ist, wo Süden, weiß weder vor noch zurück, dreht sich im Kreis und die Wüste ist ein toter, ausgetrockneter Fluß und ein Meer von Sand ist die Wüste, glühend heiß: das ist der zweite Tag.

Zwischen einem Ei und einem anderen und dem anderen und einem nächsten ist Platz für alles: den letzten Urlaub in Italien, das vergangene, das kommende Wochenende, Werner, die Gitarre, die Katze, einen Tag aus der Kindheit, einen Ärger über eine Kollegin, die Angst vor einem Kind, den Schmerz links von der Wirbelsäule, den Ekel vor dem Mittagessen, eine Trauer, unbestimmt, die Wut vor dem Chef.

Mit Eiklar wird sie den Fliesenboden, unsichtbar für alle, einseifen und den Chef überraschen; ihn beobachten, wie er ausrutscht, stürzt und sich die Füße bricht, beide, bis zum Steiß, Gedanken sind zollfrei.

Von ihrem Platz an der Essensausgabe übersieht Sigrid die Betriebskantine bis zum Eingang, wo sich die Arbeiter beim Anschlagbrett mit dem Speiseplan zu Trauben sammeln, bis sie wenig später, in Reihe aufgefädelt, mit einem Tablett an ihr vorübergehen. Den jungen Mann in der blauen Montur, den sie eine Woche lang vermißt hat, bemerkt sie sofort, als er die Eßhalle betritt. Wie sein Kollege, mit dem er sich unterhält, nimmt er sich einen Teller vom Stoß, Besteck aus dem Aluminiumkasten und stellt sich in die Reihe der Wartenden. Er ist großgewachsen, hat schwarze Haare und dunkle Augen; er trägt keinen Ring. Wo im Werk er seinen Arbeitsplatz hat, weiß Sigrid nicht. Weil gerade keine Suppenschale in der Durchreiche steht, muß er warten. Sigrid stellt mehrere Suppenschalen vor sich hin und schöpft Suppe aus der Terrine, erst dann gibt sie die Schalen in die Durchreiche, von der sie die Arbeiter wegnehmen können. Weil sie es so will, muß der junge Mann daher etwas länger stehenbleiben. Einen Augenblick sehen sie sich an, Sigrid sagt *Mahlzeit,* der junge Mann sagt *Danke,* dann schiebt er sein Tablett weiter.

Hunderte von Arbeitern ziehen in zwei Stunden an Sigrid vorbei. Gesprächsfetzen hört Sigrid mit, manchmal eine anzügliche Bemerkung. Ein Blick bleibt im Gedächtnis, ein Wort klingt ihr die ganze Zeit über im Ohr, ein Lächeln hat sie noch vor Augen. Der Gruß von einem, dessen Namen sie nicht kennt, hält warm wie eine zärtliche Berührung.

Schauen Sie, sagt der Direktor der Betriebsküche beim Interview, es ist ja so, daß man bei dieser Betriebsgröße nicht alle Mitarbeiter immer im gleichen Ausmaß im Auge behalten kann, aber ich glaube sagen zu können, daß das Fräulein Bachmeier doch eine sehr tüchtige Küchenkraft ist. Wichtig sind neben der selbstverständlichen Liebe zu dieser Arbeit, die manchmal natürlich sehr anstrengend sein kann, zugegeben, vor allem Fleiß und Behendigkeit, sowie eine weitgehende Selbständigkeit, damit man nicht jeden Handgriff selbst anschaffen muß. Peinliche Hygiene ist oberstes Gebot, Sie können sich vorstellen, daß wir genauen gesundheitspolizeilichen Kontrollen unterzogen werden, führt der Direktor weiter aus, während er den Interviewern nach Dienstschluß die Küche zeigt.
Das Fräulein Bachmeier gehört sicher zu denen, die in Ordnung sind, erklärt der Direktor beim Interview, es hat kaum noch Beanstandungen gegeben bei ihr. Sind wir uns doch ehrlich, unter uns gesagt, schauen Sie, das Essen ist doch auch eine kulinarische Angelegenheit, man sagt ja auch, man ißt mit den Augen, die Optik spielt doch eine gewisse Rolle, ich würde sagen, man sollte das nicht unterschätzen, auch von daher betrachtet ist

das Fräulein Bachmeier durchaus ein Gewinn, freundlich, nett, und, ich glaube doch, sagen zu können, durchaus herzeigbar, nicht wahr?

Mittwoch

Werner ist da, sein Freund Fritz, auch er ein Verkäufer, Lisa, dessen Freundin, sie arbeitet in einer Schneiderei, Wolfgang und Manfred, beide Mechaniker. Als Sigrid kommt, sitzt die Runde schon versammelt am Tisch. Noch ist nicht entschieden, was gemacht wird, einige wollen kegeln gehen oder Billard spielen, Lisa möchte eher in die Disco. Fritz und Werner beklagen wie immer, daß der Mittwoch als *Wochenteilerabend* ungeeignet ist, nur an diesem Abend gebe es Fußball im Fernsehen. Der alte Streit brandet auf, ebbt aber bald wieder ab, ohne zu einem Ergebnis zu führen, Weil alle schon bestellt haben, bleiben alle vorerst sitzen. Sigrid sitzt zwischen Lisa und Wolfgang, der mit Manfred eine Unterhaltung über Motorräder beginnt. Werner bestimmt das Gespräch der anderen.
Im Geschäft habe es Ärger gegeben, beginnt er und erzählt, daß diese Woche eine schon längere Zeit schwelende Auseinandersetzung wegen der Mittagspause voll ausgebrochen sei. Der Chef habe den Angestellten per mündlicher Zusage eine halbe Stunde Mittagspause oder dafür eine halbe Stunde früher Dienstschluß versprochen, die Wahrheit sei gewesen, daß sich kaum jemand getraut habe, eine Mittagspause einzulegen, geschweige denn, gar früher wegzugehen, erklärt Werner und schaut, während er redet, vor allem Fritz an. Sigrid beobachtet, wie Lisa an ihrem Glas dreht

und abwechselnd der Unterhaltung über Motorräder und der Erzählung Werners zuhört. Werner sieht Fritz so an, als erwarte er dessen Zustimmung. Er erzählt weiter, daß ein Sprecher der Verkäufer mit dem Chef gesprochen habe, dieser sich aber nicht mehr an die Abmachung erinnern wollte. Während Werner redet, nippt Fritz mehrmals an seinem Bierglas und sagt ein paarmal *ein Wahnsinn* und *so ein Hund.*

Man müßte ihn einmal richtig hängenlassen, sagt Werner, sein Gesicht möchte ich sehen, wenn wir alle um halb sechs Schluß machten und nach Hause gingen. Aber du brauchst ja nicht glauben, daß irgend eine Aktion zustandekommt, die meisten von uns sind ja doch zu feig dazu und kriechen ihm andererseits wieder in den Arsch. Du kannst ja keinem trauen, meint Werner und Fritz, der in einem Lebensmittelladen arbeitet, bemerkt, daß es in seinem Betrieb genauso ist.

Sigrid redet nicht mit Lisa, weil auch die nichts sagt. Lisa ist stark geschminkt und trägt teure Sachen, Markenartikel, Sigrid hält sie für eine *Tussi.* Außer daß die beiden die Freundinnen zweier Freunde sind, verbindet sie nichts miteinander.

Werner, der noch immer auf Fritz einredet, wird laut und steigert sich in einen Redeschwall gegen seinen Chef und seine Arbeitskollegen hinein. Werner durchschaut alles, was läuft in seinem Betrieb, die anderen *checken* nichts, *aber überhaupt nichts,* er schlägt Lösungen vor, er ist mutig, die anderen machen schlapp, gehen ein, am Wochenteilerabend wächst der kleine Verkäufer Werner M. vor seinen Freunden über sich hinaus,

schlägt Wurzeln, armdick in den Tisch, wächst und wächst sich zur Geistesgröße aus, die, wenn man sie nur handeln ließe, alles regeln und gegen seinen Chef aufstehen würde: eine Riesenpflanze, die drei Zuhörern langsam den Saft entzieht. Welk hängen sie an seinen Lippen, Fritz, der sich vergeblich mit Bier vollgießt, Lisa, stumm und müde, Sigrid, kraftlos und verdorrt: das ist der dritte Tag.
Aber reden wir von etwas anderem, sagt Werner plötzlich und bemerkt, daß die Mädchen noch gar nichts geredet haben, immer müsse er für die Unterhaltung sorgen. Los, erzähl einen Schwank aus Deinem Leben, fordert er Lisa auf, der nichts einfällt und die dadurch zum Thema wird. Warum seine Freundin heute so fad sei, fragt Werner Fritz, ob er sie denn nicht bei Laune halten könne, ob sie denn nicht zufrieden sei mit ihrem Freund, *rein sexuell gesprochen,* meint Werner. Lisa lächelt müde zurück, Fritz fühlt sich herausgefordert und erklärt, daß Werner sich täusche, ob er sich denn leid sehe. Da sagt auch Sigrid etwas.
Komm, sagt Sigrid, es sei schon fast zehn Uhr, sie müsse am nächsten Morgen früh aufstehen und wolle heimfahren, heute sei ohnehin nichts mehr los. Beleidigt sei sie nicht, nein, wirklich nicht, beteuert sie Fritz gegenüber und zieht Werner an der Jacke. Als sie sich verabschieden, verstummt das Motorradgespräch für einen Augenblick, *macht es gut, aber nicht zu oft,* hört Sigrid noch, dann verläßt sie mit Werner das Lokal.
Im Auto ist es vorerst ruhig, habe ich zu viel Blödsinn geredet, fragt Werner schließlich und Sigrid verneint. Sie sei müde, ehrlich, und

wolle heute nichts mehr von ihm.
Ob Werner verärgert ist, weiß sie nicht, als sie ins Haus geht. Mit einem sogenannten Kavaliersstart wendet er seinen Wagen und fährt davon.

Also, ich heiße Werner, bin zweiundzwanzig Jahre alt und arbeite als Verkäufer für Sportartikel. Beruflich ist soweit alles in Ordnung, wir bekommen sogar etwas über den Kollektivvertrag bezahlt, das ist gar nicht so schlecht. Privat bin ich mit der Sigrid zusammen, wir gehen jetzt ein halbes Jahr miteinander. Wir haben uns bei einer Tanzerei kennengelernt. Während der Woche sehen wir uns selten, meistens nur einmal. Sie muß ziemlich bald aufstehen, weil sie zur Arbeit in die Stadt pendelt.
Ich bin zufrieden mit meinem Leben, sicher, Geld könnte man immer mehr brauchen, aber ich wohne noch bei meinen Eltern, da bleibt schon was zum Leben, sagt Werner beim Interview. Freizeitmäßig tut sich hier wenig, das sehen Sie ja selbst, am Wochenende eine Disco, sonst kannst Du nur im Café oder im Wirtshaus herumsitzen. Früher war ich in einem Sportverein, Fußball, vor zwei Jahren habe ich den Sport aufgegeben, drei Abende pro Woche waren mir zuviel. Voriges Jahr habe ich mir ein Auto gekauft, einen Opel Ascona, Baujahr 1983, gebraucht, fünfzigtausend Kilometer. Er frißt ganz schön Benzin. Nächstes Jahr kaufe ich mir einen neuen Wagen, vielleicht bekomme ich noch ein paar Tausender für den alten.
Was ich mir von der Zukunft erwarte? Derzeit kann ich nur hoffen, daß es so bleibt, wie es

ist, persönlich, meine ich. Sicher, der Friede in der Welt, das ist auch ein Wunsch. Und daß sie endlich einmal etwas gegen die Umweltverschmutzung unternehmen. Ich denke, daß ich später einmal heiraten werde und vielleicht zwei, drei Kinder habe. Vielleicht baue ich mir auch ein Haus. Beruflich läßt sich vielleicht auch noch einmal was verändern, Umschulung oder so, Computer, in die Richtung, gibt Werner beim Interview zur Antwort.

Donnerstag

Zwischen halb zwölf und zwölf ist Mittagspause. An den Tischen der Kantine, wo wenig später die Arbeiter essen werden, sitzen die Frauen und ruhen sich aus. Einige essen das, was am Vormittag gekocht wurde, einige haben etwas von zu Hause mitgenommen, Obst, Joghurt. Ein paar hungern sich schlank, in wenigen Tagen schon wird die strenge Fastenzeit wieder von einer heftigen Freßphase abgelöst werden.
Sigrid kennt alle Frauen mit Vornamen, mehr weiß sie von den meisten nicht. Die älteren sitzen extra an einem Tisch und lassen sich von einer Neuen nach dem Essen Kaffee bringen. Die jungen Frauen rauchen alle. Wer es ruhiger haben möchte, geht in die Garderobe. Dort sind Gespräche ohne unerwünschte Zuhörerinnen möglich.
Sei froh, daß Du noch nicht verheiratet bist, sagt Maria in der Garderobe zu Sigrid, wenn ich das gewußt hätte, was da auf mich zukommt, hätte ich noch ein paar Jahre

gewartet. Ihr Exmann habe sie schon wieder besucht, gestern. Seit der Scheidung vor einem halben Jahr tauche er alle zwei, drei Wochen einmal bei ihr auf. Unter dem Vorwand, seine Kinder sehen zu wollen, verschaffe er sich Zutritt zur Wohnung, um dann von ihr zu verlangen, mit ihm zu schlafen. Nicht selten komme er bereits betrunken an; sie bemühe sich jedes Mal, der Kinder wegen ruhig zu bleiben, aber gegen seine Zudringlichkeit müsse sie sich einfach zur Wehr setzen, sie sei keine Hure, bei der man sich alle paar Wochen bedienen könne. Es sei furchtbar, daß sie für den Mann, den sie früher einmal geliebt habe, und der schließlich der Vater ihrer Kinder sei, nichts mehr empfinden könne als Haß, abgrundtiefen Haß. Sie fühle sich derzeit völlig isoliert, ihre Familie halte, außer einer Schwester, zu ihrem Exmann und gebe ihr die Schuld an der Trennung, einige Nachbarn redeten bereits über sie, seit sie mitbekommen hätten, daß er sie ab und zu wieder besuchen komme. Eine Anzeige, die sie vor Wochen nach einem Vergewaltigungsversuch getätigt habe, sei noch im Laufen, aber die Angelegenheit sei ohnehin nur demütigend für sie, erklärt Maria in der Garderobe, weil sie dadurch erst recht keinen Schlußstrich ziehen und einen Neubeginn wagen könne, an eine Bekanntschaft mit einem anderen Mann gar nicht zu denken, dazu habe sie derzeit überhaupt keine Lust.
Wenn ihre Schwester sie nicht unterstützte, wüßte sie nicht, wie sie über die Runden kommen solle. Am schwersten sei den Kindern die Trennung verständlich zu machen, die Kleinen klammerten sich derzeit geradezu an sie und stellten oft die Frage, warum die Eltern

nicht mehr beisammen wohnten.
Sigrid braucht darauf nichts zu sagen, ihr helfe es, wenigstens einmal von jemandem angehört zu werden, sagt Maria, die Dreiundzwanzigjährige, in der Garderobe zu ihrer Kollegin, als die Tür aufgeht und Rosi und Manuela hereinkommen. Einen Augenblick bleiben sie in der Tür stehen, als bemerkten sie, daß sie in ein Gespräch hineingeplatzt sind, mit einem *Na, haben wir da aber zwei Heimliche* ändert Rosi die Situation und bestimmt fortan das Gespräch; Maria und Sigrid sagen nichts mehr und hören zu.
Ob Manuela es auch gelesen habe, die Tina Onassis sei vor ein paar Tagen gestorben. So eine reiche Frau und so jung sterben müssen, angeblich habe sie eine Hungerkur über sich ergehen lassen müssen, war ihrem Herz zu viel geworden sei. Letztlich eine arme Frau, bemerkt Rosi, als Sigrid nicht ruhig bleiben kann und fragt, ob Rosi auch etwas über die fünfzigtausend Erdbebenopfer in Armenien zu sagen habe. Nur einen Moment verschlägt es Rosi die Sprache, sie interessiere sich eben nicht nur für Naturkatastrophen entgegnet sie knapp und raucht ihre Zigarette energischer zu Ende. So kommt es Sigrid jedenfalls vor.
Eine junge Köchin sitzt in der Mittagspause im Garderobenraum einer Betriebskantine und beobachtet, wie zwei Frauen, verschieden wie Tag und Nacht, ihre Welt beschreiben: die eine wach, voll Klarheit, schmerzvoll offen, die andere gedankenlos, den Stumpfsinn der Unterhaltungsblätter nachbetend, bewußtlos. Wenig Hirn, wenig Licht, keine große Leuchte, denkt die junge Köchin: das ist der vierte Tag.
Um zwölf beginnt in der Kantine die Essens-

ausgabe. Jede Arbeiterin bekommt einen genauen Arbeitsbereich zugeteilt, Gespräche sind keine mehr möglich. Alles soll schnell und zügig gehen, die Arbeiter haben ein Recht auf ihre Mittagspause. Fünf Minuten habe ich heute mit Maria reden können, rechnet Sigrid sich aus, während sie schon mit dem Austeilen der Suppe beschäftigt ist, fünf Minuten gestern, fünf vorgestern, morgen und übermorgen fünf, gibt fünfundzwanzig Gesprächsminuten in einer Woche, fast zwei Stunden im Monat, aber bezahlte Arbeitszeit!
Die schönsten Minuten am Tag sind die, in denen sie sich *der Aufsicht entzieht.*

Ich arbeite ganz gern hier, es gibt keinen Leerlauf, ich bin unter Leuten und habe ein wenig Abwechslung, das ist schon etwas, sagt Maria den Interviewern ins Mikrophon. Wenn man einmal nicht so aufgelegt ist zu einem Scherz, sagt man halt nichts, da fragt weiters niemand nach. Persönliche Kontakte ergeben sich halt selten, jede schaut, daß sie nach der Arbeit so schnell wie möglich nach Hause kommt, das erwarte ich auch nicht hier im Betrieb. Hauptsache, die Arbeit geht einem von der Hand, dann ist alles in Ordnung.
Sicher, manchmal kann einem die Tätigkeit schon etwas monoton vorkommen, am lustigsten ist mir die Essensausgabe, das ist nicht so anstrengend und manchmal kommt man mit den Arbeitern auch ein bißchen ins Plaudern. Die Sigrid ist eine nette Kollegin, ich bin froh, daß wir ein paar Gleichaltrige sind, die sich gut verstehen, ein paar ältere Kolleginnen können schon auch sehr bösartig sein.
Die Arbeit füllt mich derzeit ziemlich aus,

wenn ich auch noch die Hausarbeit und die Arbeit für meine Kinder dazurechne, bleibt nicht viel freie Zeit für mich alleine übrig. Ab und zu komme ich ein wenig zum Lesen, aber meistens bin ich abends schon so müde, daß ich dann doch den Fernseher aufdrehe.
Natürlich hat man Sorgen, mein Gott, mit zwei Kindern ohne Mann ist es nicht so leicht. Sagen kann man es nicht, aber ich hoffe, daß es wieder aufwärts geht in den nächsten Jahren, ich bin ja noch jung, da hat man schon noch Ziele. Na, ja, vielleicht noch ein drittes Kind, später. Mit den Männern lasse ich mir jetzt Zeit, aber auszuschließen ist gar nichts.

Freitag

Nach Dienstschluß fährt Sigrid nicht mit dem Vater nach Hause, ausnahmsweise wird sie den Abendbus nehmen.
An der Haltestelle vor dem Betriebseingang erwarten sie bereits die zwei Journalisten, ein Mann und eine Frau. Sie scheinen schon längere Zeit gewartet zu haben; die Frau, die einen kurzen Rock trägt, friert. Im Auto des Mannes geht die Fahrt Richtung Stadtzentrum. Vor einem Kaffeehaus, das Sigrid nicht kennt, wird Halt gemacht.
Zuallererst danke er ihr dafür, daß sie sich für das Gespräch zur Verfügung gestellt habe, sagt der Mann, der offenbar der Wortführer der beiden ist, Sigrid solle es sich bequem machen, etwa Torte zum Kaffee bestellen, die Spesen würden selbstverständlich von ihm beglichen.
Die Frau redet noch nichts mit Sigrid, sondern

holt einen Notizblock aus ihrer Umhängetasche und stellt schließlich ein kleines Aufnahmegerät auf den Tisch.
Ob sie denn nervös sei, fragt der Mann und fügt, ohne eine Antwort abzuwarten, hinzu, daß dazu kein Anlaß bestehe, auch für ihn sei es jedes Mal spannend, wenn er an einer Geschichte schreibe. Wir können uns ja doch nichts aus den Fingern saugen, sagt der Mann, den Sigrid auf knappe dreißig Jahre schätzt, die wichtigsten Quellen seien für ihn immer die Menschen von der Basis, ergänzt er und lächelt. Wie sie der Mann anlächelt, beginnt auch seine Begleiterin, die vielleicht drei Jahre jünger ist als er, zu lächeln und hantiert weiter am Aufnahmegerät herum. Es mache ihr doch nichts aus, sagt sie schließlich doch etwas und lächelt schon wieder, aber der Recorder erleichtere ihre Arbeit ungemein, weil sie das Band nachher in Ruhe abhören könne und nicht nur auf ihre schriftlichen Unterlagen angewiesen sei.
Es gehe schlicht und einfach darum, den ganz gewöhnlichen Alltag einer Arbeiterin zu dokumentieren, klärt der Journalist auf, während er zwei Würfel Zucker in der Tasse verrührt, Sigrid solle sich einfach entspannen und ein bißchen aus ihrem Leben erzählen, das interessiere die Leser der Zeitschrift am meisten. Sie müsse nämlich bedenken, daß ein Großteil der Leser Akademiker seien, *Gstudierte halt,* glaubt der Mann, für Sigrid übersetzen zu müssen, viele stammten zwar ursprünglich aus Arbeiterfamilien, aufgrund ihres beruflichen Aufstieges seien sie der Arbeitswelt heute aber weitgehend *entfremdet.* Die Zeitschrift, die, wie Sigrid ja bekannt sei, den Namen *Solidarität* im

Titel führe, bringe so ihren Lesern die Arbeitswelt wieder näher und trage daher zu einem tieferen Verständnis zwischen Arbeiterschaft und anderen Berufsgruppen bei.
Genug theoretisiert jetzt, befindet die Frau mit dem Aufnahmegerät und drückt auf eine Taste, jetzt sei Sigrid am Wort.
Eine Zeitlang sehen alle dem Recorder zu, wie er lautlos in sich kreist und Kaffeehausgeräusche, Stimmengewirr, das Klappern von Geschirr aufnimmt, dann räuspert sich der Mann und stellt Sigrid die Frage, wie denn ein *normaler* Arbeitstag ihres Lebens ablaufe.
Während Sigrid erzählt, und tatsächlich erzählt sie eine ganze Menge, wie ihr später vorkommt, muß sie ununterbrochen die ihr gegenüber sitzende Reporterin ansehen, während sie in das kleine Gerät auf dem Tisch vor ihr einen Tag aus dem Leben einer Köchin hineinsagt, muß sie sich gleichzeitig mit einer Frau, die in einem verrückt kurzen Rock vor ihr sitzt, *vergleichen,* und überschlägt in Gedanken, noch während sie laut bei der Essensausgabe angelangt ist, wie viele Kilo die Frau wiegen könnte und um wieviel mehr sie dagegen auf die Waage bringt. Als sie schließlich beim den Arbeitstag beschließenden Putzen angelangt ist, kommt ihr die Frage, welche von ihnen beiden dem Mann, dem Reporter, besser gefällt, und sie unterliegt.
Sigrid beendet ihre Erzählung mit der Schilderung ihres Heimweges und überlegt im Kopf, ob der Mann und die Frau schon miteinander geschlafen haben, kommt aber zu keinem klaren Ergebnis.
Was ihr zum Stichwort Arbeitsplatz einfalle, fragt sie der Mann, was sie zum Thema

Arbeitszeitverkürzung sage, wie sie über die Arbeitslosen denke, wohin sie in den Urlaub fahre, ob sie sich für Politik interessiere usw.
Nachdem die Frau die Frage gestellt hat, wie Sigrid ihre Freizeit verbringe, lassen die beiden von ihr ab. Sigrid spürt, wie ihr die Hitze ins Gesicht gestiegen ist und atmet tief durch, als die Frau endlich die Stoptaste drückt und das Interview offiziell beendet.
Na, das war doch nicht so schlimm, meint der Mann und trinkt seine Tasse leer. Nachdem das Gespräch auf Band aufgenommen ist, wird es ruhig am Tisch, bis zum Zahlen kommt keine richtige Unterhaltung mehr zustande. Ja, ja, so geht's, versucht es der Mann ein letztes Mal und setzt zu einem Scherz an, *Arbeit macht frei,* sagt er und fügt, weil niemand lacht, *ein geflügeltes Wort* hinzu, und lacht selbst.
Ein geflügeltes Wort flattert ein paar kleine Lacher lang hilflos über einen Kaffeehaustisch und stürzt dann erbärmlich ab, das Lachen des Mannes findet keinen fruchtbaren Boden und versandet; das ist der fünfte Tag.

Die Aufnahme ist in Ordnung und auch vom Inhalt her ist das Gespräch durchaus brauchbar, denke ich, sagt der Journalist zur Journalistin.
Es war nicht leicht, einen Einstieg ins Gespräch zu finden, meint die Frau, vielleicht wäre es ganz gut gewesen, wir hätten uns zuerst einmal ganz unverbindlich mit dem Mädchen unterhalten, oft kommen nämlich die besten Sätze wie nebenbei gesprochen, aber dafür hätten wir ja die doppelte Zeit gebraucht.
Meinst du nicht auch, daß sie sich uns gegenüber etwas reserviert verhalten hat, viel-

leicht, weil wir Journalisten sind, fragt der Mann die Frau.
Mich wundert immer, wie die Leute, egal, was du fragst, vor allem aber, wenn es um konkrete politische Themen geht, meistens spontan von ihrem Leben und ihren Bedrohungen reden, ich weiß nicht, liegt es am mangelnden politischen Bewußtsein oder am Unvermögen dieser Leute, daß sie nicht über sich hinausdenken können oder wollen, stellt die Frau fest.
Auf jeden Fall haben wir mit den fünf, sechs Gesprächen, die wir bis jetzt aufgenommen haben, Material genug für die vier Seiten, meinst Du nicht, fragt er, vor allem, wenn wir die zwei Photos dazunehmen. Ich will heute nichts mehr von der Arbeit hören, sagt sie, laß mich bitte in der Nähe des Bahnhofs aussteigen, ich muß noch rasch ein paar Blumen besorgen, ein Freund von mir gibt heute abend eine Vernissage.

Samstag

Sie sei glücklich jetzt, vielleicht zum ersten Mal in ihrem Leben, wenn sie nur zwei Jahre zurückdenke, komme ihr alles fast wie ein Wunder vor, erzählt Helga ihrer Freundin und ehemaligen Schulkollegin Sigrid, als die sie am Samstagnachmittag besucht.
Ob Sigrid sich noch an die Zeit erinnern könne, in der sie an Abtreibung gedacht habe, weil ihr unvorstellbar erschienen war, sich mit siebzehn Jahren, ein ganzes Leben mit allen Möglichkeiten noch vor sich, derart einzu-

schränken, ein absurder Gedanke, wenn sie ihren Martin heute anschaue, wie er sie mit seinen blauen Augen unter einem blonden Lockenschopf anlache, wie dankbar er für alles sei. Sie habe noch nie bereut, ihre Lehrstelle aufgegeben zu haben und Mutter und Hausfrau zu werden, die Rolle fülle sie aus und befriedige sie. Seit der Hochzeit vor einem halben Jahr habe sich auch das Verhältnis von Erwin zu seinem Kind spürbar verbessert, er nehme seine Vaterrolle jetzt ernster als noch ein Jahr vorher, als sie noch getrennt gewohnt hatten.

Nein, heute sei Erwin nicht da, sondern mit Freunden zu einer Sportveranstaltung gefahren, sie gönne ihm sein Recht auf Freiheit nach einer anstrengenden Arbeitswoche.

Während Helga erzählt, flitzt der Kleine im Zimmer herum, holt dort einen Bauklotz zum Spielen hervor, nimmt da ein Bilderbuch in die Hand und schleppt seine Funde aufgeregt zum Tisch, um sich abwechselnd von Helga und Sigrid belobigen zu lassen. *Meine zwei Männer,* sagt Helga mehrmals, während sie erzählt, wie schwer es ihr manchmal falle, beider Ansprüche gerecht zu werden. Erwin sei manchmal regelrecht eifersüchtig auf den Kleinen, weil sie das Kind nach fast zwei Jahren immer noch stille, sie sei der Meinung, Martin solle sich die Milch von der Mutter holen, solange er Lust dazu habe, auf Erwin könne sie in diesem Fall keine Rücksicht nehmen. Ab und zu sei Martin schon sehr anstrengend, gibt Helga zu, während sie mit dem Kleinen ein Bilderbuch durchblättert und ihm zwischendurch die darin abgebildeten Tiere erklärt, vor allem, daß er die Nacht noch

nicht durchschlafe und sie oft bis zu dreimal aufstehen müsse, koste ihr viel Kraft. Den Haushalt schaffe sie wie nebenbei, Erwin habe diesbezüglich keinen Grund zur Klage, daß sie abends oft zu müde sei für Sex, störe ihn schon eher, das werde sich aber wahrscheinlich bald wieder einrenken.
Was ihr manchmal wirklich abgehe, sei das Ausgehen am Abend, ins Kino oder zum Tanzen, im letzten Jahr sei sie mit Erwin tatsächlich ein einziges Mal weggegangen, auf eine Faschingsparty, aber noch vor zwölf Uhr wieder zu Hause gewesen. Martin sei so an sie gewöhnt, sie habe keine ruhige Minute gehabt und, obwohl sie natürlich ein Mädchen zum Babysitting organisiert hatte, habe sie immer daran denken müssen, daß er aufwachen könnte und sie nicht in seiner Nähe sei. Gegen zwei Uhr morgens müsse sie ihn ohnehin füttern, daher sei sie froh gewesen, wieder zu Hause zu sein.
Und jetzt zeig der Sigrid, wie schön Du schon den Ball fangen kannst, sagt Helga und schaut dabei die Freundin an. Komm Martin, – hopp –, – hopperla –, na, probieren wir es noch einmal, – hopp –, *fast,* heute vormittag hättest Du ihn sehen sollen, erklärt Helga ihrer Freundin, er hat mit dem Zuwerfen und Fangen des Balles gar nicht mehr aufhören können.
Manchmal komme sie tatsächlich auch noch zu ihrem Hobby, dem Stricken, nicht am Nachmittag, wenn Martin zwei Stunden schlafe, in dieser Zeit besorge sie den Haushalt, eher am Abend beim Fernsehen, sie habe sicher die Hälfte der Bekleidung Martins selbst gestrickt, Kindermode sei ja unverschämt teuer. Drollig,

wie er sich beim Sprechen anstelle, ob Sigrid hören könne, wie er das R in ihrem Namen einfach unterschlage, fragt Helga und lacht. Als Helga das Kind trockenlegt, fragt sie Sigrid, wie ihr die Arbeit in der Betriebsküche derzeit gefalle und fügt hinzu, daß sie sich freue, wenn Sigrid auf Besuch komme, daran merke sie, daß sie in ihr eine Freundin habe, auf die sie sich verlassen könne, leider sei ein Nachmittag viel zu kurz, um alles bereden zu können, kaum sitze man ein wenig beisammen, sei die Zeit auch schon wieder um, jetzt zum Beispiel müsse sie dann mit der Zubereitung des Abendessens beginnen, am Samstag koche sie auch abends warm, das habe sich so *eingebürgert,* samstags hätten sie länger Zeit zum Essen, sie freue sich auf jeden Fall schon auf den nächsten Besuch und wünsche ihr alles Gute.

Als Sigrid vom Wohnzimmer in den Flur geht, fällt ihr Blick auf eine Photographie, die an der Wand hängt. Das Bild zeigt die Familie: Helga sitzt, das Kind auf dem Schoß, in einem Sessel und strahlt in die Kamera, Erwin steht daneben, den Arm um sie gelegt, und schaut die beiden lächelnd von oben an. Ganz schön romantisch, was, fragt Helga, als sie bemerkt, daß Sigrid das Bild länger betrachtet.

Der Mann, wie er auf die Frau mit dem Kind herunterlächelt: das ist der Eindruck, der Sigrid auf dem Heimweg begleitet: das ist der sechste Tag.

Ich weiß ja gar nicht, wie ich zu der Ehre komme, da etwas sagen zu dürfen, ehrlich gesagt, ist der Kontakt zur Sigrid derzeit ja ein wenig abgerissen, sie hat ihre Arbeit, ich habe

das Kind und den Haushalt, ab und zu treffen wir uns und tratschen, wenn man sich so lange kennt, gibt's genug zu erzählen. Früher habe ich sie immer beneidet, die Sigrid hatte viel Glück, muß man sagen, schon immer, sie ist ja auch durch Beziehungen in die Küche gekommen.
Und wie ich dann erfahren habe, daß ein Kind kommt, ein halbes Jahr vor meiner Gesellenprüfung als Friseurin, habe ich mir schon gedacht, die Sigrid möchte ich sein, und mir wäre das Ganze nicht passiert. Heute würde ich nicht mehr tauschen, erzählt Helga beim Interview, schauen Sie, jetzt haben wir eine geförderte Wohnung bekommen, das Auto ist auch schon abbezahlt, uns geht es eigentlich ganz gut, meinem Mann gefällt die Arbeit als Versicherungsvertreter, die Bezahlung ist auch in Ordnung, und der Martin macht mir eine große Freude.
Mein Gott, ob eine Frau zu Hause bleiben soll oder nicht, ich glaube, jede Frau soll machen, was sie für richtig hält. Die Frauen, die arbeiten, obwohl sie zu Hause Kinder haben und der Mann gut verdient, verstehe ich allerdings nicht. Vielen Leuten wird auf diese Weise ein Arbeitsplatz weggenommen.
Meine Zufriedenheit lasse ich mir nicht nehmen, sagt Helga beim Interview, ich gestehe es auch den anderen zu, so zu leben, wie sie wollen. Jeder ist seines Glückes Schmied.
Wichtig ist, daß der Martin seine Kindheit unbeschwert genießen kann, vielleicht kriegt er nächstes Jahr auch noch ein Geschwisterchen dazu, wer weiß.

Sonntag

Im Wohnzimmer die Männer, der Vater und Robert, Sigrids Bruder. Sie teilen sich die Sonntagszeitung. Der Vater löst das Kreuzworträtsel, Robert studiert die Sportseite.
In der Küche die Frauen, Sigrid, die Mutter. Die Reihenfolge der Sonntagsessen: Wiener Schnitzel, Schweinsbraten, Brathendl, Rostbraten. Ohne Fleisch zahle sich ein Mittagessen gar nicht aus, meint der Vater. Sigrid darf die Nachspeise machen. Als Abwechslung zur Wochentagsarbeit. Wie immer am Sonntag spielt im Radio das Frühschoppenkonzert. Der Vater steht auf Blasmusik. Früher war er Klarinettist in der Werkskapelle, heute fehlen ihm zur Ausübung der Musik zu viele Zähne.
Nach einer Polka erzählt ein Sprecher in breitem Dialekt einen Witz, dann wird Gelächter eingeblendet. Anschließend folgt ein Marsch. Der Vater lacht über den Witz.
Später wird das Radio abgedreht, das Mittagessen beginnt.
Der Rostbraten schmecke ausgezeichnet, meint der Vater, während Robert ein Stück am Teller liegen läßt, das Fleisch sei ihm zu zäh, sagt Robert knapp und steht vom Tisch auf, noch ehe die anderen mit dem Essen fetig sind. Die Mehlspeise verdrückt er auf dem Sofa, bereits wieder in die Zeitung vertieft. Robert ist drei Jahre älter als Sigrid. Er arbeitet als Techniker in einer Druckerei. Vor einiger Zeit hat er sich in der Stadt ein Zimmer gemietet. Sonntags kommt er zum Essen nach Hause.
Wenn er zu Hause schon gratis esse, solle er wenigstens der Mutter und der Schwester beim Abräumen und Abwaschen helfen, meint der

Vater, der nach beendeter Mahlzeit einen Zahnstocher nach dem anderen zwischen den Zähnen zerbricht und die Splitter auf den Teller spuckt.
Und was machst Du im Haushalt, fragt Robert zurück und gibt selbst eine Antwort: auch nichts.
Zweimal läßt sich der Vater nicht zum Streit auffordern. Robert solle gefälligst den Mund halten, er wisse genau, wer wochentags schwer im Betrieb arbeite und zu Hause oft noch private Aufträge erledige.
Mit der Pfuscherei anderen die Arbeit wegnehmen, das kannst Du, meldet Robert vom Sofa herüber, von wirtschaftlichen Zusammenhängen hast Du ja keine Ahnung.
Weil Du als junger Tupfer eine Ahnung hast, entfährt es dem Vater, der langsam zornig wird, Robert brauche ja nicht glauben, weil er für die Betriebsratswahl aufgestellt worden sei, könne er geschwollen daherreden. Du mit Deinen sechs Dienstjahren hast ja keinen blanken Tau, sagt der Vater, mir kannst Du doch nichts erzählen, schau doch, daß Du Dich selbst erhalten kannst, wenn Du es könntest, brauchtest Du am Sonntag nicht mehr schmarotzen kommen.
Sag das noch einmal, schreit Robert und springt auf, was hast Du gesagt. *Schmarotzer*, sagt der Vater sehr ruhig. Schau, daß Du Dich selber erhalten kannst. Robert knallt die Tür hinter sich zu und geht aus dem Haus. Die Mutter, die ihm bis zum Gartentor nachläuft, kann ihn nicht beruhigen, das brauche er sich von seinem Vater nicht bieten lassen, was der Alte nicht verputzen könne, sei der Umstand, daß er ihn nicht mehr kontrollieren könne.

Wenn die Familie noch ein Interesse an ihm habe, solle sie es sagen, von sich aus werde er so schnell nichts mehr hören lassen, schreit Robert erbost, steigt ins Auto und fährt ab.
Das mußte doch nicht sein, gerade am Sonntag, wo alle zu Hause seien, gebe es immer Streit, klagt die Mutter dem Vater, der sich sofort zum Schuldigen gestempelt fühlt. Gar nichts habe er gesagt, aber von seinem Sohn brauche er sich noch lange nicht alles gefallen lassen, noch sei er der Herr im Haus. Gekränkt und verärgert geht auch er wenig später fort, ins Wirtshaus in den Ort hinein.
Die Mutter überredet Sigrid zu einem Spaziergang durch die Siedlung. Draußen ist es kalt. Sie treffen wenige Leute. Die Mutter freut sich darüber, wieder einmal mit Sigrid plaudern zu können, wochentags komme man ja so selten dazu.
Neuigkeiten aus dem Markt prasseln auf Sigrid nieder, da ist ein lediges Mädchen schwanger, dort hat jemand einen schweren Verkehrsunfall gehabt, dort betrügt eine Frau ihren Mann mit dessen Freund, die Weihnachtsfeier des Turnvereins ist vorzubereiten, und so weiter, die Mutter redet ununterbrochen auf Sigrid ein.
Schweigend geht Sigrid neben ihr her, sie hört nur mit halbem Ohr hin. Der Sonntag ist der Ruhetag. Am Sonntag wird nicht gearbeitet. Der Sonntag dient der Erholung. Der Bruder verläßt nach einem Streit das Haus. Der Vater beduselt sich im Wirtshaus. Die Mutter verschafft sich scheinbar Gehör.
Wie ein schlechtes Omen dämmert schon ab Mittag die nächste Woche, der nächste Morgen im unausgelasteten Kopf von Sigrid herauf: das ist der siebte Tag.

Plötzlich ist alles anders.
In einem festlich geschmückten Raum, ist es die Betriebskantine?, ist es das Wohnzimmer zu Hause?, findet eine Feierlichkeit statt, die Sigrid zu Ehren gegeben wird. Der Direktor der Betriebsküche spricht sichtlich bewegt einige Worte zu den Anwesenden und überreicht Sigrid schließlich eine riesengroße Torte. Ich freue mich, sagt der Chef, umarmt sie und küßt sie auf beide Backen. Sigrid kann nicht hören, was er ihr ins Ohr flüstert, seine letzten Worte gehen im rauschenden Applaus der Festversammlung unter. Endlich läßt er von ihr ab, macht einen Schritt nach hinten und fällt dann langsam zur Seite um und verschwindet. Sigrid hat keine Zeit, ihm nachzuschauen, denn alle stellen sich nun bei ihr an, um zu gratulieren. Ich bin stolz auf Dich, sagt der Vater mit merkwürdig hoher Stimme. Er kann Tränen der Freude kaum zurückhalten. Die Mutter drückt sie nur stumm an sich, Robert sagt nur, hoffentlich ist das Fleisch nicht zäh, dann verschwindet er wie vorher die Eltern aus Sigrids Augen. Werner gratuliert als nächster, gemeinsam mit dem jungen Mann aus der Kantine, dessen Namen Sigrid nicht kennt. Die beiden gehen Arm in Arm und scheinen Freunde zu sein. Werner drückt Sigrid ein Päckchen in die Hand, das, wie von einem geheimen Mechanismus bewegt, aufspringt, als Sigrid es in die Hand nimmt. Im Päckchen liegt, auf Samt gebettet, ein Ohr. Der junge Mann sagt Danke und verschwindet, denn schon sind Maria und Helga an der Reihe. Ich lebe in Scheidung, sagt Karin, aber es wird sich schon alles einrenken. Helga hat einen langen Schal mitgebracht, selbstgestrickt, für meine

zwei Männer, flüstert sie glücksstrahlend und fällt um wie die vorigen. Gleich darauf stehen die zwei Journalisten vor Sigrid. Die Frau im kurzen Rock zittert vor Kälte und weint. Sie wolle sich entschuldigen, schluchzt sie und küßt Sigrid die Hand, sie wolle ihr nur das Band mit dem Gespräch zurückgeben und ihr sagen, daß sie nicht mit dem Mann geschlafen habe. Der Mann sagt nichts und lächelt. Sigrid darf ihn ohrfeigen, so lange sie will. Um fünf Uhr dreißig läutet der Wecker. Eine Frau erwacht aus ihrem Traum und wird Köchin.

Tod eines Papierarbeiters

Am Donnerstag, in den frühen Vormittagsstunden, gegen neun Uhr, heißt es später, hat der Papiermacher Karl Trawöger in seinem Haus Selbstmord begangen.

Bei der Kreuzung, die die Ortschaft teilt, fährt Spießberger an den Fahrbahnrand und stellt den Wagen ab. Aus dem Autoradio kommen die letzten Informationen des Mittagsjournals, es ist wenige Minuten vor ein Uhr nachmittags. Groiß und Hufnagl sitzen auf dem Rücksitz, Hufnagl raucht und hustet fast gleichzeitig, Groiß schaut die Zufahrtsstraße zu Trawögers Haus hinauf, wo sich nichts tut. Wenn Karl mitfahren wollte, müßte er eigentlich schon hier sein, sagt Spießberger nach hinten, als die Schlußsignation der Nachrichtensendung aus dem Radio ertönt. Ich bin neugierig, was er zum gestrigen Spiel zu sagen hat, der wird sich wieder einmal ordentlich geärgert haben, meint Groiß, der Jüngste im Wagen, Fußballnarr wie Trawöger, wann haben sie sich über das Europacupspiel unterhalten, war es gestern auf der Fahrt in die Nachmittagsschicht, war es am Abend auf der Heimfahrt?, alle haben sich auf die Fernsehübertragung gefreut, nichts anderes war der Gesprächsstoff der Fahrgemeinschaft. Hufnagl hat den Rapidlern als einziger keine Chance gegeben, *die fahren ein, wirst sehen,* sagt Hufnagl von hinten, um Trawöger, den eingefleischten Grünweißen zu ärgern, nur wenn Hufnagl an der Zigarette zieht, ist sein Gesicht im kurzen

Aufglühen des Stummels zu erkennen, es ist gestern abend gewesen, es ist gewesen wie immer, wegen morgen noch, sagt Trawöger beim Aussteigen zu Spießberger, es kann sein, daß ich am Vormittag in die Stadt hineinfahren muß, da fahre ich dann gleich ins Werk, wenn ich bis um eins nicht da bin, braucht ihr nicht warten, *also, Servus, bis morgen,* sagt Trawöger, steigt an der Kreuzung aus und geht die Straße zu seinem Haus hinauf: im Schein der Rücklichter hat ihn Groiß noch gesehen, Groiß schaut noch immer zu den zwei Häusern am Ende der Zufahrtsstraße hinauf, im linken wohnt Trawöger, es tut sich noch immer nichts, es ist fünf nach eins, der wird sicher selber gefahren sein, sagt Hufnagl und beugt sich zum Fahrersitz vor und Spießberger startet den Wagen. Na, dann, auf in die Firma, keine Müdigkeit vortäuschen, sagt Spießberger und fährt an.
Ein Meß- und Regeltechniker sitzt am Steuer, der eine Arbeiter am Rücksitz, der Probleme mit der Lunge hat, ist Spreißelhacker, der andere neben ihm Laborant. Der Platz neben dem Fahrer bleibt leer. Gestern saß hier ein Maschinenführer.

Ich habe gut getan, rechtzeitig einzuwintern, denkt der Mann, der am Fenster steht und in den Garten hinuntersieht: Die Rosen in der Holzwolle werden den Frost überstehen, seit wann heize ich heuer eigentlich schon ein, fragt sich der Mann am Fenster, ich habe viel früher begonnen als im Vorjahr, lange steht der Mann am Fenster und schaut hinaus in das milchige Licht des Novembervormittags, der Mann hat Zeit, der linke Arm stützt sich am

Fensterbrett ab, der rechte hängt schlaff am Körper, es ist kein Arm, es ist eine Prothese, ein Körperteil aus Eisen und Leder verschafft einem Arbeiter paradiesische Muße, sie heißt Frühpension und schenkt einem knapp Fünfzigjährigen viel Zeit zum Schauen, das Vormittagsprogramm des Fernsehens ist schlecht, angeödet hat der Mann den Apparat abgedreht und seinen *Schauplatz* aufgesucht, die Sonne steht von Tag zu Tag niedriger, wo der starke Wind vor ein paar Tagen die letzten Blätter von den Obstbäumen gerissen hat, ist der Blick frei zum Nachbarn hinüber, Trawögers Auto steht vor der Garageneinfahrt, die Schiebetür ist verschlossen, ob Karl noch schläft, er hat Nachmittagsschicht, das weiß der Mann am Fenster, wie spät ist es eigentlich, was, erst zehn Uhr, noch fast zwei Stunden bis der Briefträger die Zeitung bringt, ob es nicht langsam Zeit werde, das Vogelhäuschen für die Winterfütterung aufzustellen, fragt sich der Mann, was macht denn die Nachbarin, öffnet die Haustür wie wild, läuft bis zum Garagentor, schaut zur Hauptstraße hinunter, als erwarte sie jemand, ist sie in Panik, was hat die denn, weint die, fragt sich der Mann am Fenster und zieht sich hinter den Store zurück, die linke Hand verläßt das Fensterbrett, leicht bewegt sich der Vorhang, die Nachbarin läuft wieder ins Haus zurück, die Tür fällt krachend ins Schloß, der Mann hört es bis herüber, ist etwas passiert?

Wie lange steht der Mann am Fenster, wie lange dauert es, bis die Haustür drüben erneut aufgeht, die Frau in den Garten läuft, ja, die weint, man sieht es ganz deutlich, die hat ja den Kopf verloren, einen solchen Eindruck

macht sie, hat er gehört, wie sie heult, oder täuscht ihn sein Ohr, wie lange bleibt es draußen völlig still, wann fährt ein Wagen den Weg herauf, kommt ihm das Auto nicht bekannt vor, das ist doch sein Hausarzt, schon ist die Frau wieder im Garten, in Strümpfen, dem Mann fällt es erst jetzt auf, die ist vollkommen aus dem Häuschen, wie sie den Doktor am Ärmel packt und in das Haus hineinzieht, da muß *etwas Gröberes* passiert sein, denkt der Mann.
Bleibt er am Fenster stehen oder holt er sich einen Sessel und setzt sich hinter den Vorhang, wann hat er überlegt, den Feldstecher zu holen, der im Nebenzimmer in der Kommode liegt; als das Rettungsfahrzeug angerast kommt (mit Blaulicht, ohne Folgeton), als die Sanitäter mit der Liege ins Haus stürzen, das Blaulicht bleibt weiter blinkend, als nichts mehr passiert, fünf Minuten, eine Viertelstunde lang?
Dann sieht der Mann am Fenster, wie die Rettungsmänner wieder aus dem Haus kommen, die Liege ist unbenutzt geblieben, der Fahrer schaltet das Blaulicht ab, während der andere die Trage wieder im Heck des Rettungswagens verstaut: Wie langsam die Männer sich jetzt bewegen, und sie reden nichts, der Mann hinter dem Vorhang sieht es vom Fenster aus: Der Arzt bleibt länger, verabschiedet sich von der Besatzung des Rettungsautos, geht ins Haus zurück; das Rettungsfahrzeug fährt ab.
Es ist ein Unglück geschehen, weiß der Mann im Sessel hinter dem Vorhang und er hat es gesehen. Hätte er weggehen sollen vom Fenster, hätte er hinübergehen sollen?
Der Mann steht erst auf, als er sieht, wie der

Arzt ins Auto steigt und wegfährt. Den Sessel stellt er zum Tisch zurück.
Wenn er nicht acht gibt und unkonzentriert ist, schlenkert die Prothese hin und her. Mit der linken Hand stellt er sie ruhig.

In zehn Minuten beginnt die Schicht.
Braun und Marinc, die Aufpasser, haben in der Kantine gegessen und gehen zu Fuß über den Fabriksplatz zur Maschinenhalle.
Pöll, der zweite Gehilfe, ist wie immer als erster im Aufenthaltsraum. Zahltag, meine Herren, begrüßt Pöll die Neuankömmlinge und kassiert den gestern vereinbarten Wetteinsatz: die Tageszeitung liegt wie zum Beweis mit aufgeschlagener Sportseite auf dem Tisch. *Na, Slavko, weil Zlatko nix machen Goal gestern, du cheite verlieren,* feixt Pöll und steckt den Betrag, den ihm Marinc gegeben hat, mit großer Geste in die Gesäßtasche.
Eine Zigarette geht sich vor Schichtbeginn noch aus. Braun, der seine Wettschuld wortlos gezahlt hat, fischt sich einen Stengel aus der Packung und bietet auch Marinc eine Zigarette an.
Thallinger kommt als nächster. Die Spindtür knarrt beim Aufmachen, von der Innenwand lächelt eine Nackte, leicht vergilbt, im obersten Fach ein Bierkrug, ein Jausenbrett, ein Messer. Schlanker wirst du auch nicht, sagt Pöll mit Blick auf Thallinger, als dieser in den Overall schlüpft, den Gürtel festzurrt. Ich kann nichts dafür, wenn dich deine Frau so beansprucht, daß du nur mehr abnimmst, sagt Thallinger und macht die Spindtür zu: das tägliche Kleingefecht zwischen erstem und zweitem Gehilfen. Mit einem Ruck schnellt der Zeiger der Uhr vor, noch eine Minute.

Ist Karl noch nicht da, fragt Thallinger, wir haben ihn noch nicht gesehen, sagt Braun und drückt die Zigarette aus, vielleicht ist er drüben in der Betriebsleitung, meint Pöll.
Loidl steckt den Kopf in die Tür: alles o.k.?
Alles klar, nur Trawöger ist noch nicht da, meldet Thallinger, wir hätten geglaubt, er ist bei euch drüben. Die Sirene ertönt. Die Arbeit beginnt. Die Maschine steht nicht still. Den Lärmschutz aufgesetzt. Hinaus in die Halle. An die Plätze. Die eisernen Treppen hinauf. Verschwitzt tritt die Frühschicht ab.
Die Regler warten. Die Schaltpunkte. Die Gautschpresse. Die Siebwalze. Die Rollschneidmaschine. Alles geübt. Alles wie am Schnürchen. Der Handgriff wie gestern. Routine. An einem Schaltpult ein Platz bleibt leer.
Telefonisch verständigt Loidl, der Assistent, den Betriebsleiter: Trawöger fehlt, die Maschinenführerstelle sei unbesetzt.
Der Betriebsleiter erteilt Weisung: Loidl an die Maschine, die Gehilfen warteten schon, bloß diese Woche keinen Stillstand mehr, die Sekretärin solle sich wegen Trawöger erkundigen.
Ein Knistern in der Leitung, der Summton schließlich. Niemand hebt ab.
Ersatz wird gesucht. Wer hat Freischicht? Ist Kiener zu Hause? Wann kann er kommen?
Um viertel nach zwei ist die Maschinenmannschaft komplett.

Endlich. Der Briefträger kommt die Straße herauf.
Der Mann öffnet die Tür, geht dem Postler entgegen. Dieser füllt erst den Briefschlitz bei Trawöger, kommt dann zur Gartentür.

Hörst Fritzl, hast du nicht einen Augenblick Zeit? Magst eine Halbe, geh, sei so gut, komm einen Moment herein, du kannst dir nicht vorstellen, was passiert ist, sagt der Mann und schiebt den Briefträger vor sich her in die Küche. Dort heißt er ihn sich niedersetzen, die Posttasche wegstellen, die Dienstmütze abnehmen: Bier steht auf dem Tisch, geübt öffnet der Mann die Flasche mit links, mit einem Klirren springt der Deckel vom Hals.
Du, weißt eh, sagt der Mann, ein Wahnsinn, aber der Trawöger Karl ist tot, ich habe es selber gesehen heute morgen.
Nichts weiß der Briefträger, nichts vom Arzt, nichts von der Rettung, da habe ich noch geglaubt, ein Unfall, sagt der Mann, vielleicht ist er bei einer Arbeit irgendwo heruntergefallen und hat sich etwas gebrochen, passieren tut ja viel, sagt der Mann, aber daß sich die Nachbarin gar so *durcheinander* aufführt, da habe ich mir gleich gedacht, da ist was Furchtbares geschehen, na, und dann ist die Rettung weggefahren, leer, wenig später auch der Doktor, ich habe mich momentan überhaupt nicht mehr ausgekannt, sagt der Mann, und gleich darauf ist die Gendarmerie gekommen und die Bestattung, da habe ich alles gewußt.
Der Briefträger sitzt am Küchentisch, leicht vornübergebeugt, hat noch gar nichts getrunken, fährt sich mit der Hand über die Stirn, sieht zu, schüttelt den Kopf.
Geh, sagt der Briefträger ungläubig, ein Wahnsinn, der Karl, das gibt es doch nicht, was hat er denn gehabt?
Ich gehe hinunter und hinaus zur Gartentür, sagt der Mann, mir scheint, zwei Beamte von der Gendarmerie waren da, einer war drinnen

im Haus, der andere ist heraußen geblieben, Herr Inspektor, was ist denn passiert, frage ich den Gendarmen. *Selbstmord, so wie es bis jetzt ausschaut,* hat er gesagt, ich bin dann wieder herein, na, und kurze Zeit später haben sie ihn auch schon im Aluminiumsarg abtransportiert.
Geh, sagt der Briefträger und möchte es nicht glauben, gestern habe ich noch mit ihm geredet, mir wäre nichts aufgefallen, weiß man, was er sich angetan hat?
Bis jetzt noch nicht, sagt der Mann, das habe ich in der Aufregung gar nicht gefragt. Er war ja eher *ein verschlossener Mensch,* aber daß er sich umbringt.
So gut gekannt hast du ihn ja auch nicht, sagt der Briefträger, aber ihr wart ja früher in der Papierfabrik zusammen.
Ja, früher, in einer Schicht sogar, sagt der Mann, aber das ist lange her.
Schaut er dabei auf die Prothese, schaut der Briefträger auf den Lederstummel!?
Immer wieder muß was Tragisches passieren, sagt der Mann, ja, wie es der Teufel will, sagt der Briefträger. Er trinkt sein Glas schließlich aus, hängt sich die Tasche wieder um, setzt die Kappe auf. Er ist schon spät dran. Es ist schon nach zwölf.

Wer ist am Apparat? Wen möchten Sie sprechen? Herr Spitzer, für Sie. Augenblick, ich verbinde.
Ja, Spitzer hier, Betriebsbüro. Wer? Frau Trawöger? Ah, was . . .?
Wie gibt sich eine Todesmeldung durch? Wie hört sich eine Selbstmordnachricht an?
Was sagt ein Vorgesetzter zur Frau seines Maschinenführers?

Ich muß Ihnen eine traurige Nachricht geben, hört Spitzer die Frau aus dem Hörer sagen, eine Pause tritt ein, aber mein Mann hat sich heute *das Leben genommen*.
Woher kommen in einem solchen Augenblick die Worte? Reicht der Vorrat aus? Hat er nicht in Kursen reden gelernt?
Wie sitzt der Betriebsleiter am Schreibtisch? Bestürzt? Fassungslos? Erschüttert? Ernst? Betroffen? Geschockt? Wohin geht sein Blick? Auf den Kalender? An die Wand? Zum Fenster hinaus? In die Maschinenhalle hinein? Malt seine Hand unsichtbare Schraffuren auf den Planer, umspannt seine Hand noch stärker den Hörer?
Was hat er gesagt, hat die Frau noch etwas gesagt, ehe sie plötzlich auflegte?
Wie lange sitzt er reglos am Schreibtisch, wann will er den Werkmeister benachrichtigen, wann geht er zur Tür: Der Lärm der Maschine erfüllt das Büro, sobald er öffnet. Da geht alles nach Plan. Papier wird erzeugt, in der Steuerzentrale sitzt Kiener, der erste Gehilfe bei ihm, der zweite, so scheint's, steht am Tambour, hoch oben auf einer der Eisenstiegen, an der Trockengruppe die Aufpasser, Braun und Marinc, messen und prüfen. Weiter vorn, an der Rollschneidmaschine: Hochbetrieb.
Wenn er es der Mannschaft von hier zuschreien würde, man hörte ihn nicht: Arbeit macht Lärm.
Der Mann hat Zeit. Er hat keinen Hunger. Er braucht nichts essen. Der Briefträger ist gegangen. Der Mann steht am Fenster. Draußen ist es ruhig. Die Schiebetür zu Trawögers Haus ist geschlossen. Das Auto ist verschwunden. Trawögers Frau ist weggefahren.

Das ist gewesen, noch bevor der Briefträger gekommen ist. Die Frau trug noch dasselbe Kleid wie am Morgen. Noch nicht schwarz.
Witwe heißt das jetzt, denkt der Mann.
Viel später dann, wann?, hält ein Auto unten an der Kreuzung. Das wird Spießberger sein. Die fahren in die Schicht. Sie warten auf Karl. Sie wissen von nichts. Was reden sie? Erkennt er am Rücksitz nicht Hufnagl?
Wie lange ist es her, daß er neben ihm saß? Zehn Jahre? Zwölf? Nur wenn das Wetter umschlägt, spürt er den Arm noch. Jetzt nicht.
Niemand verläßt das Trawögerhaus, niemand geht mit der Ledertasche, gefüllt mit Thermoskanne und Jausenbrot, die Straße zur Kreuzung hinunter. Niemand öffnet die Autotür und steigt ein. Dann fährt der Wagen ab.
Wie lange dauert der Nachmittag? Der Mann hinterm Vorhang: die Sonne im Sinken, um zwei schon.
Die Windstille. Ein Rabe. Die Fernsehantenne: ein Dorn im Trawögerhaus. Die Pendeluhr schlägt.
Bewegung später: zwei Autos die Straße herauf: die Nachbarin, ihre Tochter, der Schwiegersohn. Sehen sie mich auch nicht? Die Frauen gehen ins Haus, der Schwiegersohn – schon in Schwarz – bleibt nur kurz, fährt wieder ab. Wenn er durch Mauern sehen könnte: was machen die Frauen jetzt? Räumen sie auf? Sitzen sie reglos am Tisch? Kochen sie Tee? Suchen sie Dokumente zusammen?
Wie der Nebel langsam die Sonne verwischt. Früh dämmert es. Drüben brennt noch kein Licht.
Wie wenn einen Augenblick die Zeit stehenbleiben würde: Spitzer beim Betreten des Auf-

enthaltsraumes kurz nach Pausenbeginn, vier Minuten nach halb sechs: die Maschinenmannschaft um den Tisch:
hinten am Fensterplatz Pöll, zweiter Gehilfe, kaut mit vollen Backen, vor sich auf dem Tisch eine Zeitung, aufgeschlagen, eine Brotstulle, der die Kante abgebissen, krümelt in fleckiges Butterpapier, im Haus erzeugt; Leichtbier im Glas;
rechts neben ihm der Aufpasser Braun, wie er kurz aufblickt, zu kurz, sich wieder über die Dauerwurst bückt, bedächtig genau Scheiben schneidet: wie steht es mit dem Alkohol? Ist die Ermahnung noch im Kopf?: im Glas Leichtbier;
„Meine Herren, ich muß Euch kurz unterbrechen, ich habe euch eine Mitteilung zu machen",
gegenüber Marinc, der Jugoslawe, Aufpasser wie Braun: durch dicke Brillengläser machen zwei Augen sich klein, wie angewachsen bleibt auch bei Tisch die Kappe auf dem Kopf; er gabelt sich Fisch aus der Konservendose, trinkt aus der Flasche;
rechts zwischen Tür und Spindwand: steht Thallinger, erster Gehilfe: zeigt Muskeln und Sehnen, aus dem Overall wuchert Kraushaar, stellt auf den Tisch: Jausenbrot, Messer und Bierkrug;
Kiener zuletzt, der Ersatzmann, mit dem Rücken zur Tür, etwas abgerückt von den anderen: fühlt sich fremd an, schweißnaß sein Trikot, saurer Geruch; in einem Hinterkopf kann man nicht lesen.
„Leider ist es eine traurige Nachricht. Es handelt sich um unseren Kollegen Karl Trawöger. Wie mir seine Frau mitteilte" – wie sagte die

Frau? – „hat er sich heute vormittag plötzlich *das Leben genommen*. Ich bitte, daß ihr euch für eine Trauerminute erhebt."
Kürzer als ein Gedanke dauert: stehen alle. Zuletzt: Marinc nimmt die Kappe ab.
Jetzt steht die Zeit still.
Sechs Männer vor einem Stilleben aus Wurstbrot und Bier.
Wo schauen wir hin? Wem denken wir nach? Was machen die Hände? Ist heute heute? Steht Karl nicht doch mit am Tisch?

Unten an der Straßenkreuzung: geht automatisch die Beleuchtung an. Eine Peitschenleuchte gibt fahlgelbes Licht. Kurz nach fünf: eine gedrungene Gestalt, ein glatziger Schädel tritt, von der Ortschaft kommend, in den Lichtkreis, biegt die Zufahrtsstraße herauf. Wie die Arme des Mannes beim Gehen weit ausschwingen. Knapp bevor der Glatzkopf die beleuchtete Szene verläßt, kann ihn der Mann am Fenster erkennen. Heidegger kommt, weiß der Mann, als dieser wieder ins Dunkel tritt. Nicht einmal ein Schatten ist jetzt erkennbar.
Jetzt müßte er beim Birnbaum sein, denkt der Mann, jetzt bei der Milchbank, jetzt schon den Gartenzaun entlanggehen. Schon läutet jemand an der Tür.
Beim Weggehen vom Fenster ein Blick auf das gegenüberliegende Haus: im Erdgeschoß brennt Licht, die Vorhänge sind zugezogen.
Heidegger setzt sich am Küchentisch zum Platz bei der Tür. Der Tisch ist abgeräumt, in der Abwasch: zwei gebrauchte Gläser, auf der Anrichte: zwei leere Bierflaschen.
Rasch steht eine frischgekühlte Flasche auf dem Tisch.

Er komme gänzlich *außertourlich,* meint Heidegger, aber die Geschichte mit Trawöger habe ihn nicht mehr in Ruhe gelassen.
Ja, im Dorf wisse man seit etwa mittag, was passiert sei.
Furchtbar.
Das heißt, man wisse, was passiert sei, aber nicht, wie es passiert sei, man hört verschiedene Sachen, sagt Heidegger, zuerst habe es geheißen, er habe sich erschossen, demgegenüber stehe die Meinung, daß er sich aufgehängt habe.
Wer hat was gesagt, fragt der Mann.
Im Frühjahr soll er ja ein paarmal wirklich vom Umbringen geredet haben, beim Eisstockschießen angeblich, der Seiringer Gust habe es gehört, aber gesagt werde viel, wer habe das denn ernstnehmen können, und das sei außerdem schon Monate her.
Von woher sollen denn die Leute auch wissen, was los war, sagt der Mann, wie ich am Vormittag zufällig aus dem Fenster schaue, sehe ich, daß ein Gendarm draußensteht, von dem habe ich es dann erfahren. Aber *wie und was* erfährst du natürlich nicht.
Er soll eine leichte Grippe gehabt haben, seit einigen Tagen schon, sagt Heidegger, aber deswegen bringt man sich ja nicht um, vielleicht ist auch irgend eine Meinungsverschiedenheit vorgelegen. Karl sei ja eher ein ruhiger Typ gewesen, vielleicht habe ihn etwas gedrückt, mit dem er nicht aus sich herausgehen konnte, vielleicht sei aber auch im Werk irgend etwas vorgefallen.
Weißt eh, daß der Karl verwandt war mit der Obermeiertochter, die sich vor ein paar Jahren umgebracht hat, sagt der Mann, bei der hat es

sich offenbar um eine *erbliche Angelegenheit* gehandelt.
Wir werden sehen, sagt Heidegger, ob sie ihn aufbahren werden. Es kommt wahrscheinlich drauf an, wie er ausschaut, ich meine, wenn er sich in den Kopf geschossen hat, wird es kaum möglich sein, hat er sich aufgehängt, kann man ihn eventuell noch so herrichten, daß nichts auffällt.
Weiß man schon, wann das Begräbnis stattfindet, fragt der Mann. Am Dienstag, mir scheint, sagt Heidegger, beim Gasthof Reisinger ist jedenfalls schon der Kondukt für die Trauerfamilie bestellt worden, die Werksmusik und die Arbeitskollegen werden wahrscheinlich zum Lindner gehen.
Der Mann sagt nichts, Heidegger trinkt, dann redet er.
Wie meine Frau zuerst einkaufen war, hat sie die Trawögerin gerade aus dem Geschäft gehen sehen, erzählt Heidegger, geredet haben sie nichts miteinander, außer Butter und Brot soll sie noch ein halbes Kilo Aufschnitt mitgenommen haben.
Ja, die Tochter ist drüben bei ihr, sagt der Mann, der Schwiegersohn war auch schon da.
Wer wird denn den Sarg tragen, fragt Heidegger, wahrscheinlich doch die Fahrgemeinschaft um Spießberger, eigentlich müßten sie ja dich als Nachbarn fragen, aber mit deinem Arm wird das kaum gehen, sagt Heidgger.
Da hast du recht, das wird kaum gehen, sagt der Mann, selbst, wenn ich wollte.

Alles wie gestern, wie immer: Meterprügel laufen ein, draußen am Holzplatz, werden entrindet, zerkleinert, zermanscht, mit De-Ink-

Stoff versetzt: Holz wird verarbeitet, Papier wird erzeugt, die Papiermaschine läuft auf Hochtouren, der Koloß brüllt, sieben Meter Siebbreite, fünfundachtzig Meter Länge, Kilometer um Kilometer rollt sich die Papierbahn auf: Zeitungen von morgen.
Wie gestern um diese Zeit, es ist kurz vor acht: steht Thallinger, der erste Gehilfe in der Raucherinsel, heute allein. Der Lärm hilft, nicht über das Unfaßbare sprechen zu müssen. Hinter dem Lärmschutz aber: klopfen Gedanken laut den Schädel ab, ist es nicht lächerlich, daß ihm einfällt, daß er Karl heute eine geborgte Zigarette zurückgeben wollte?
Ein Blick durch den Saal: alles wie gestern, wie immer, scheint es, von hinten schaut Kiener wie Karl aus: massig, kräftig, untersetzt.
Worüber haben wir gestern gesprochen? War der Stillstand von voriger Woche das Thema?
Ein anderer Gedanke dann.
Nicht lange ist es her, wenige Wochen. In der Rauchpause zeigte ihm Karl den druckfrischen WERKSKURIER, in der Rubrik GESPRÄCH AM ARBEITSPLATZ sein Name, sein Bild: wie er stolz am Schaltpult steht, den Zeigefinger an einem Druckknopf, wie immer den Bleistift hinters Ohr geklemmt, so hat man Karl gekannt.
Schau her, sagt Karl in den Lärm und hält Thallinger die Zeitung hin, wie findest du das, und Thallinger liest: *manchmal hat man den Eindruck, daß die Maschine nicht totes Material ist, sondern sich wie ein lebendes Wesen benimmt: einmal brav und folgsam, dann wieder bockig oder gar hinterlistig. Sie liebt es, wenn man sie sorgsam und pfleglich behandelt und rächt sich für Schlamperei und Unacht-*

samkeit, liest Thallinger, was Trawöger der Werkszeitung gesagt hat.
Über das gute Zusammenspiel zwischen Maschinenführer und erstem Gehilfen liest Thallinger, und den Satz: *bei uns läuft das ohne Probleme, da kann sich einer auf den anderen verlassen.*
So ist es gewesen. Es ist nicht lange her.
Thallinger dämpft seine Zigarette im metallenen Aschenbecher aus, ehe er die Raucherinsel wieder verläßt und an seinen Platz zurückgeht.
Es ist, wie es immer war. Wie gestern auch.
Und alles ist anders.

Im Dunkeln sitzt der Mann am Fenster hinter dem Vorhang. Drüben brennt Licht.
In der Hand hält er ein Blatt Papier. Spät am Abend ist der Partezettel ausgetragen worden. Mit der Kramerin, der Frau, die ihm die Parte gebracht hat, hat er kein Wort gewechselt. Es ist alles bekannt.
Noch im Vorhaus hat er die Anzeige gelesen, später wieder in der Küche. Auf weißem, schwarzumrandetem Papier ein Name in dicken Buchstaben: KARL TRAWÖGER. Maschinenführer in der Papierfabrik, Mitglied der Freiwilligen Feuerwehr und des Sportvereins. Unerwartet von uns gegangen. Im zweiundfünfzigsten Lebensjahr. Wir geleiten unseren lieben Verstorbenen am Dienstag zur letzten Ruhestätte. Der Rosenkranz wird am Samstag gebetet. In tiefer Trauer.
In der Dunkelheit des Zimmers kann der Mann keine Buchstaben mehr auf dem Zettel erkennen, das Papier raschelt, der Mann kennt die Namen, die unten angeführt sind. Die

Gattin, der Bruder, die Tochter, der Schwiegersohn, die Enkel. Als gingen sie schon dem Sarg nach: so sind die Namen der Trauerfamilie hinter- und nebeneinander gedruckt worden. In der linken Ecke der Parte ein Kreuz.
Wie gern er im Dunkeln sitzt. Das Denken fällt leichter. Wie es früher war. Die Arbeit an der alten Maschine. Dort war es noch lauter als heute.
Müssen jetzt diese Gedanken kommen? Ein Donnerstag war es, wie heute. Und Nachmittagsschicht. Und laut. Plötzlich still. Maschinendefekt. Wo war es? Vorn an der Rollschneidmaschine? Trawöger und er, die Gehilfen, besehen den Schaden zuerst. Nichts Ernstes. Er legt sich zu Boden. Greift in eine Trommel. Aha, das haben wir gleich.
Wer gibt wem ein Zeichen? Plötzlich laut. Ein Messer. Ein Schrei. Papier färbt sich rot.
Erinnerung schmerzt. Der Mann steht auf und geht vom Fenster weg ins Schlafzimmer hinüber. Vielleicht kann er schlafen.
Wie die linke Hand beim Nachdenken den Partezettel kleiner und kleiner gefaltet hat.

Halb zehn Uhr abends. Schichtwechsel.
Groiß und Hufnagl warten am Parkplatz auf Spießberger. Hufnagl raucht, sein Husten brodelt auf, in weitem Bogen spuckt er aus.
Von wem habt ihr es erfahren, fragt Groiß. Hufnagl macht einen tiefen Zug an der Zigarette, ehe er den Stummel austritt. Ein Wahnsinn, sagt er. Ein Verlust für das Werk, Karl hat eine Einstellung zur Arbeit gehabt, da könnt euch ihr Jungen eine Scheibe abschneiden.
Bis Spießberger kommt, wird nichts mehr

geredet, Groiß scharrt mit den Schuhen im Kies.
Viel weiß er nicht über Karl. Man ist aus dem selben Dorf. Man ist miteinander zur Arbeit gefahren. Man hat über das Werk geredet. Über die Großinvestition, die neue Papiermaschine. Und über Fußball. Karl hat kein Heimspiel der Werksmannschaft ausgelassen. Ein echter Experte. Seit fast dreißig Jahren die Höhen und Tiefen des Vereins miterlebt. Und kennt noch die Namen aller Spieler. Zoister, Minihold, Marterbauer, Schmiedinger, Piesl, Gruber, das waren noch Zeiten, da bist du noch mit den Mücken geflogen, sagt Trawöger am Sportplatz zu Groiß.
Karl, du könntest bei WETTEN, DASS . . .? antreten, mischt sich einer aus dem Kalandersaal in das Gespräch ein, du wettest, daß du allein an der Aufstellung erkennen kannst, wann das Spiel stattgefunden hat. Das ist für den Karl zu leicht, meint einer der Umstehenden. Alle lachen.
Spießberger kommt. Auf der Fahrt über den Fabriksplatz und durch die Werkseinfahrt redet niemand etwas. Schließlich beginnt Spießberger zu sprechen. Ich war noch schnell in der Betriebsleitung, sagt er den beiden am Rücksitz. Morgen würde jemand von der Werksleitung sowie der Betriebsleiter der Frau Trawögers einen Kondulenzbesuch abstatten. Für das Begräbnis stelle der Betriebsrat einen Kranz bei. Trotzdem, habe ich mir gedacht, sagt Spießberger nach hinten, schaut aber weiter auf die Fahrbahn, daß wir ihr extra Beileid wünschen könnten, vielleicht können wir das gleich erledigen, wenn noch wer auf ist.
Hufnagl meint, daß Spießberger das für sie alle

machen solle, du hast dich mit ihm am besten geredet, meint Hufnagl, schließlich einigen sich die Männer darauf, gemeinsam zu kondulieren.
Knapp vor zehn Uhr hält der Wagen an der Kreuzung. Heute steigt niemand aus dem Auto aus. Jeder der Wageninsassen richtet seinen Blick zu den zwei Häusern am Ende der Zufahrtsstraße hinauf, das linke ist das Trawögerhaus. Im Haus brennt kein Licht.
Es schaut so aus, als ob gar niemand zu Hause wäre, sagt Hufnagl, vielleicht ist es doch besser, wir warten bis morgen, sagt Spießberger.
Kurz nur hat der Wagen an der Kreuzung gehalten, dann setzt er sich wieder in Bewegung und fährt in die Ortschaft hinein.

Lange, wie gelähmt, steht die Frau am Fenster des Schlafzimmers. Sie hat kein Licht gemacht. Draußen ist es ruhig. Der Wagen steht vor dem Garagentor. Im Nachbarhaus gegenüber ist es schon finster. Auch der Nachbar weiß es schon. Wie alle Leute. Hinter ihrem Rücken werden sie darüber reden.
Ich will allein zu Hause bleiben, hat die Frau zu ihrer Tochter und deren Mann gesagt, und sie weggeschickt. Jetzt kann sie nicht schlafen. Das Bett ist noch unberührt. Auf dem Nachtkästchen des Mannes liegen die neuen Socken, die sie am Vorabend dorthin gelegt hat. Daneben tickt der Wecker. Karl hat ihn gestern abend aufgezogen. Wenn ich gestern nachgefragt hätte, denkt die Frau.
Hast du etwas, fragt die Frau in die Stille nach dem Lichtabdrehen ihren Mann. An seinem Atem hört sie, daß er noch nicht schläft. Nein,

es ist nichts, sagt Karl. Dann schlafe ich jetzt, sagt die Frau, ich bin müde.
Wenn ich heute früh aufmerksamer gewesen wäre, denkt die Frau, als ich aufgestanden war, war ich mir sicher, daß er noch schlief.
Wenn ich ihn wenigstens von der Küche aus gehört hätte, macht sich die Frau Vorwürfe, es brennt in ihrer Brust, aber sie kann jetzt nicht mehr weinen.
Hat ihr Mann Antidepressiva genommen, fragte der Arzt, als es schon zu spät war.
Gestern abend um diese Zeit, denkt die Frau. Dort in dem Bett ist er neben ihr gelegen. Heute vormittag, als er schon tot war: das Bett war noch warm von seinem Körper, sie hat es gespürt.
Warum hat sie ihn nicht gehört, als er die Teppe herunterkam?
Sie arbeitet in der Küche, wenn Karl Nachmittagsschicht hat, steht er manchmal später auf, gegen dreiviertel zehn Uhr wundert sie sich, daß er immer noch nicht zum Frühstück gekommen ist, im Stiegenhaus ruft sie nach ihm, keine Antwort, er wird doch nicht noch schlafen, sie geht in den ersten Stock hinauf, in das Schlafzimmer hinein, ein Blick: nein, da ist er nicht mehr, Karl, wo bist du denn, keine Antwort, hat er denn das Haus schon verlassen, ein Blick aus dem Fenster, unten vor dem Garagentor steht das Auto, sie geht die Treppe hinunter, im Wohnzimmer ist er nicht, ist da nicht die Tür zur Garage offen, bist du da drinnen, Karl, keine Antwort, ist da schon die Angst gekommen?, aus der Garage ist nichts zu hören, trotzdem geht sie zur Tür: einen umgestoßenen Stuhl sieht sie zuerst, dann Karl.

Kein Streit, kein lautes Wort. Kein Abschiedsbrief.
Im Dunkeln steht die Frau am Fenster des Schlafzimmers und flüstert ein Wort: Warum?

Im Kreis

... immer wieder läuft er mit dem Kopf gegen die Tür, er ist ein gepanzertes Tier, das Blut schießt aus der Nase, fühlt sich warm an, wie es den Hals hinunterläuft, das tut gut, er ist ein wunder Kopf, er muß im Kreis gehen, immer im Kreis herum, wie sich die Welt dreht im Kopf, wie das Gehirn gegen die Schädeldecke klatscht, wie sich alles bewegt, wie die Gedanken gehen, wie sie hin und her schwappen, die Gedanken laufen im Zimmer im Kreis, viertausend Umdrehungen pro Stunde macht der Kopf, dann kommt die Erlösung, noch zweihundert Runden im Kreis, mechanisch beginnt der Kopf zu zählen, noch hundertzwanzig, noch hundert, zählt der Kopf mit, immer das Gehen im Kreis, Zentrifugalkraft Gehirn schleudert Gedanken aus, speit, spuckt, schleimt, spritzt Ideen ab, noch fünfundachtzig Runden, Gedankenblitze, Blitzideen, Augenblicksbilder, Sekundenblitze, schneller im Kreis gehen, das Gehirn lehnt sich nach außen, noch vierzig Runden, das Rauschen wird lauter, schwer wird der Kopf, das Tappen der Füße im Raum, nichts sonst stört die Schritte, es gibt kein Fenster, es gibt kein wirkliches Licht, diffuses Dämmern von außen, die Augen, geschlossen, fliegen im Kreis, noch zweiundzwanzig Runden, wie die Arme herunterhängen, Blut pocht bis in die Fingerspitzen, der Kopf schwillt an, das sind meine Adern, das ist mein Gehirn, das ist meine Schädeldecke, das ist mein Zimmer, noch acht Runden, noch sieben, der Blutdruck steigt, die

Füße rasen als Kreisel über den steinernen Boden, schlagen Funken in allen Farben aus dem steinernen Grund, wie sich durch die Reibung der Boden aufheizt, der Boden ist eine glühende Platte, noch zwei Runden, noch eine, . . jetzt . . .
Schwer schlägt der Schädel gegen die Tür mit voller Wucht: Licht, funkelnde Welt, sirrendes, schwirrendes Außenlicht, Lumen, Erleuchtung, Licht vom anderen Stern, warm läuft das Blut den Kopf herunter, schwer wankt der Körper, hält einen Augenblick still, dann: weiter, weiterdrehen, alles muß weitergehen, noch viertausend Runden, wie spitz das Zimmer zusammenläuft, die Ecken fliehen, der Boden liegt in der Schräge, die Decke schwebt, es gibt kein Fenster, woher das diffuse Licht, leuchtet der Kopf, leuchten Gedanken durch Augen nach außen, die Augen sind sprühende Wunderkerzen, der Takt der Füße, die schlagen den Rhythmus der Welt, dumpf, tapsig, erden, häutig, der Körper ist wie eine Trommel, der steinerne Boden das Fell, die Füße die Schlägel, die Zehen wie winzige Borten, und drehen, weiterdrehen, die Welt dreht sich von selbst, ein Zimmer fliegt im Kreis, kreist, flitzt, segelt vor Augen, mir wird ganz anders, mir schwinden die Sinne, mir sausen die Ohren, die Nase rinnt, tropft Blut aus, rotierend schleudert Blut an die Wände, Blut: wird fliegend zu Gischt, wieviele Runden noch, noch zweitausendeinhundert, wie warm es ist, der Hochsommer kommt in ein Zimmer, Fliegen umkreisen das Licht, Maden lecken Blut, rote Milch fließt von den Wänden, Licht dringt aus allen Ritzen, aus der Ecke, aus der anderen Ecke, aus der dritten, aus der vierten, nichts

sieht das Auge, alles geht so schnell, die Ecken verdichtet zum Punkt, das Zimmer ist ein Farbband aus Linien, grau, grün, mattschwarz, hellblau, dunkelrot, fliegen im Kreis, und drehen, wie die Adern singen, das laute Lied, das Ohr hält dicht, die Pupille zittert, wieviele Runden noch, das Zimmer zuckt, der Boden trommelt, die Ecken senden Farben aus, und: die Tür leuchtet auf, noch neunhundert Runden, wie schnell alles geht, die Hände schweben neben dem Körper, die Muskeln lachen, das Blut schießt durch Adern, die Adern sind Rohre, gefüllt mit prallem Leben, die Haare fliegen im Wind, im Schädeltopf brodelt ein Vulkan, die Ursuppe dampft, köchelt, schwitzt, schlägt Blasen, Lava im Kopf, Vulkan vor dem Ausbruch, Gedanke verdünnt sich, schleimige Kopfidee, nachgezogen, alles fliegt hinterher, die Haare, der Kopf, Worte, alles später, erst die Drehung, schnell, schnell, Ohrenrausch, Beschleunigungswind, blutiger Hurrican, Nerventaifun, Körperwindhose, das blitzschnelle Drehen auf einem Zeh: Körperkreisel, Körperschraube, Kopfrotor, Armpropeller, Knochenspirale, noch dreihundertvierzehn Runden, vier Wände, die Decke, der Boden, die Tür, es gibt kein Fenster, mattglänzendes Licht, Flötengesang, blutrauschiges Lied in den Venen, Wasserfall, der durch die Adern schießt, Sturzbach, gischtig, schäumend, laut, Kopfgesang, Sirenen, Fanfaren, Trompetenstöße, donnernde Pauken, Urtakt, höllisches Tempo, hechelnder Atem, heiße, dampfende, zischende, pfeifende Lunge, stößt brodelnd Luft aus, gurrender Luftzug, Sog, Luftwind, Feuersturm, noch zweiundachtzig Runden, runde Zimmerecken, Glaszimmer, Kugelzimmer, die Decke wölbt

sich, der Boden muldet, Ecken weich, wie sich das Zimmer anschmiegt, weiterdrehen, weiterdrehen, die Tür flitzt vorbei, dann das Zimmer, dann wieder die Tür, so schnell: Tür, nichts, Tür, nichts, Tür, nichts, woher kommt das Licht, Kugel aus Farbe, Murmel aus Licht, singendes Zimmer, Sturmwind, Gebrüll, noch siebenundsechzig, noch vierundsechzig, Runden drehen, abgerundeter Kopf, runder Schädel, rundes Gehirn, Gedanken abgerundet, geschliffen im Fahrtwind, wie lange dauert es noch, achtundvierzig, Zählwerk Kopf läuft, Ecken laufen, Kugeln laufen, Blut läuft aus, Lebenslauf, Laufwerk Mensch, Laufwunder, zweiundzwanzig, neunzehn, vierzehn und schneller, schneller, kurz, kurz, kurz, kurz, vier, drei, zwei, eins:
Mit Wucht schlägt der Schädel gegen die Tür, die Wucht, der Schlag, der Stoß, das Krachen, ein Hammer aus Eisen, ein Block, ein Fallbeil, ein Brocken Granit, ein Felsen, ein Klumpen Gestein, ein Puffer, ein Poller, hart: Kopf zittert, schwankt, bebt, Gehirn schwingt, siedet, und die Tür: knorriges Holz, kühles Stahl, Feuertür, Grenztür, Sperre, Turm, Mauer, Ring, Festung, Burg, Mantel, höhnendes Haus, lachende Höhle, dunkles Gemäuer, eisige Wand, unbezwingbarer Berg, ewige Nacht, dunkelster Fluß, höchster Abgrund, Bollwerk Beton, Staudamm, Mauer aus Schweigen, Panzer, Platte, Deckel, Zimmerverschluß, Loch nach außen, Hinausloch, winzige Tür, Schlupfloch, Nadelöhr: und drehen, weiter, rasende Scheibe, rotierende Platte, surrender Kreisel, singende Säge, Kreissäge Mensch, Elektron Mensch: Blut fließt, schwerelos Arme, Hände, Haare und Augen, Lichter im Wind, im All:

rasendes Schweben, lautloses Fliegen, dröhnendes Reiben der Füße am muldenden Boden, Ecken im Spiralnebel, Astralzimmer, Raumflug, viertausend Umdrehungen pro Stunde, Rakete Mensch, Triebwerk im Kopf, flüssiger Treibstoff Gehirn, Hitze und Kälte im All, Backofen Zimmer, Grillplatte Boden, Deckel, Decke, Eckenspieße, drehen, drehen, Blut schmiert, Blut steigt, waten im Blut, heißblütig dampft das Zimmer, blutbedeckter Boden, blutige Erde, Heimaterde blutbefleckt, steigende Blutflut, tauchen im Blut, rotrünstiges Blut, Licht schimmert rosig durchs Blut, naßrote Türe, drehen im Schmieröl Blut, Blut zu Blut, Wände blutsverwandt, Füße trommeln Blutschande in den grillzischenden Boden, blutiger Kopf malt mit Pinsel aus Nase Blutrache an den Balken der Tür, blutiges Menetekel im Fahrtwind, wieviele Drehungen noch, singendes Blut, klagendes Blut, rächendes Blut, drohendes Blut, Blut steigt, Flut steigt, das Klatschen der Füße im blutigen Strom, das Patschen der Füße im reißenden Blut, Blut treten, Blut spritzt auf, vermischt mit Schweiß, klatscht gegen die Tür, Schüttbild aus Wasser und Blut, Schweißtuch Tür, Blutzentrifuge Zimmer, wieviele Runden noch, fliegen im Blut, blutiger Flitzer Mensch, rotierendes Bündel aus Blut, Schweiß und Tränen, Cocktail aus Gehirn, Sekreten und Blut, Ursuppencocktail Blut: Türlack, Farbe der Tür: Blut, Mauerfarbe, Düngemittel Blut, noch einundvierzig Runden, Seife aus Blut, Wasser aus Blut, Flut steigt, blubbert, siedet, qualmt, drehen, wieviele Runden noch, Decke kommt näher, Boden kommt näher, Ecke kommt näher, Blut steigt, Tür kommt näher, Blut rauscht lauter,

Tür kommt näher, wieviele Runden noch, Decke fliegt heran, Boden fliegt heran, Ecke fliegt heran, Licht schimmert, rasende Lichtgeschwindigkeit, Blut funkelt im Licht, roter Edelstein Blut, Gedanken im Flug, Lichtgedanken, schneller, schneller, noch wenige Runden, Boden so nah, Decke so nah, Blut steigt, Blutdruck tobt, Tür näher, Tür nahe, wieviele Runden noch, jetzt, jetzt:
mit Wucht schlägt der Kopf gegen die Tür, hart, dröhnend, laut: birst jetzt nicht die Tür, bricht der Damm, kocht über das Blut, schwer fällt der Schädel, verdampft das Gehirn, verfliegen die Arme, die Hände, die Haare, platzt jetzt das Zimmer, öffnet sich Boden, reißen Ecken auf: einen Augenblick: Stille. Keine Drehung. Blut hält Atem an, Ecken verharren, Decke pendelt sich ein, Boden hält stand, Gehirn friert ein: nichts. Was hören die Augen, was sehen die Ohren, was riecht der Mund, was kostet die Nase: nichts. Nichts. Nichts.
Und weiter: was weiter geschieht: Drehen beginnt, drehen, immerzu drehen, um die Achse, rotierende Füße, schwingende Hände, ächzend bewegt sich das Zimmer, knarrend der Boden, die Decke erzittert in den Fugen, Gehirn bebt neu, Augen vibrieren, Koloß kommt auf Touren. Siehst du: die Ecke, die Wand. Die Ecke, die Wand, kein Fenster, die Ecke, die Wand, die Ecke, die geschlossene Tür, und schneller, Ecke, Wand, Ecke, Wand, Ecke, Wand, Ecke, Tür, schneller, Wand, Ecke, Wand, Tür, Ecke, Wand, Tür, Wand, Wand, Ecke, Tür, noch dreitausend Runden, noch zweitausendneunhundertzweiundneunzig, und drehen und drehen, endloses Kreisen im matten Licht . . .

Aus. Endlich

Weil das, was die können/ es ist eine Kunst, es abzukürzen/ sie müssen es aber/ es ist eine Kunst, so abzukürzen, daß trotzdem noch/ daß man trotzdem noch weiß, worum es geht/ so schaut alles wieder ganz anders aus/ das, worum es wirklich geht/ wirklich/

Wann kommt er? Wie spät ist es? Warten. Nachtwache. Nur nicht einschlafen. In der Küche leuchtet das rote Lämpchen der Kaffeemaschine. Die Tür zum Kinderzimmer: einen Spalt offen, die Kleinen schlafen. In der Abstellkammer neben der Eingangstür: am Boden ihr Bettzeug auf einer alten Matratze. Wenn er kommt, soll er sie nicht erwischen. Das Telefonkabel ist unter dem Teppich im Vorhaus versteckt. Der Apparat steht neben ihrem Bett. Das ist ihm bisher entgangen.
Welcher Wochentag ist heute? Wie lange geht das schon? Sie muß wachsam sein, sie darf ihm keine Chance geben. Sie muß hören, wenn er kommt. Sie preßt ihr Ohr an die Tür: schlurfende, schwere Schritte im Stiegenhaus, wie jemand pfeifend Luft einschaufelt. Je mehr er getrunken hat, umso besser kann sie ihn hören. Wenn Licht gemacht wird draußen, geht sie zur Tür und schaut durch den Spion. Manchmal ist er so betrunken, daß er alle Vorsicht vergißt. Lallend schleppt er sich vor den Eingang. Durch das Guckloch sieht sie, wie er vor der Tür steht. Er weiß nichts. Er glaubt, sie überraschen zu können. Das ist ihr Vorsprung. Leise geht sie in die geheime Bettkammer, mit

nervösen Fingern wählt sie die bekannte Nummer. Es ist wieder soweit.
Draußen er: klopft erst an der Tür, rüttelt dann, ruft, schreit ihren Namen. Sie soll aufmachen. Er ist es. Was ist denn.
Sie gehört ihm. Den Satz hat er ihr oft ins Ohr geflüstert, früher, später sie damit angebrüllt. Er hat ihn in sie hineingeprügelt. Du willst es ja nicht glauben, keucht es stoßweise aus ihm heraus, während er sie schlägt. Aus seinem offenen Mund tropft Speichel. Mit der geballten Faust berührt er sie. Das ist das Zeichen seiner Liebe. Manchmal weint er nachher. Er könne nicht anders, wenn er betrunken ist.
Draußen er: drückt gegen die Tür. Mach auf. Sofort. Ich werde es dir zeigen.
Sie im Versteck in der Kammer: hoffentlich kommen sie bald. Der Beamte ist freundlich, er kennt sie bereits. Was, schon wieder, sagt er. Ja, sagt sie, bitte schnell.
Draußen er: wirft sich mit Krach gegen den Eingang. Die Tür, dreifach gesichert, hält stand. Wie gut, wenn er betrunken kommt. Dann kann sie ihn gut hören. Dann kann sie rechtzeitig anrufen. Die Polizei braucht etwa zehn Minuten. Ruhig läßt er sich abführen. Spät kommt sie zu Bett.

natürlich/ normalerweise/ praktisch/ eigentlich/ irgendwie, irgendwo/ total/ und hin und her / eher mehr so, irgendwie/ warum und wieso/ bei dem und dem / ja, o. k./ überhaupt nicht/ oder so/ und dieses und jenes/ und also/

Welcher Wochentag ist heute? Wie spät ist es? Sie weiß nicht, wann er kommt. Sie weiß nicht,

ob er kommt. Es ist wahrscheinlich, aber nicht sicher. Vorige Woche ist er zweimal nicht gekommen. Sie hat gewartet bis in den frühen Morgen. Sie darf sich nicht überraschen lassen. Wenn er nicht betrunken ist, ist er gefährlich. Lautlos steht er unvermutet vor der Tür.
Einmal aber splittert plötzlich ein Fenster. Erschrocken fährt sie hoch. Sie muß eingeschlafen sein. Sie hat sich gehen lassen. Sie hat nicht aufgepaßt. Da geht die Scheibe zu Bruch. Er kommt heute nicht durch die Tür.
Sie springt auf. Das Kreuzworträtsel, das auf ihrem Schoß liegt, fällt zu Boden. Schnell, sie muß das Licht löschen, er darf nicht sehen, wo sie sich befindet. Und kein Geräusch machen. Leise tappt sie sich im Dunkeln vom Vorhaus, in dem sie gewartet hat, in die Abstellkammer. Lautlos dreht sich der Schlüssel ins Schloß. Es ist stockdunkel. Sie tastet nach dem Telefon, auswendig wählt sie die Nummer. Schnell, bitte kommen. Sachte legt sie den Hörer auf die Gabel. Jetzt wird er schon in der Wohnung sein, wird sie schon suchen. Du gehörst mir, es sind auch meine Kinder, hört sie ihn schreien. Er darf sie nicht hören. Er darf sie nicht finden. Zehn Minuten sind lange. Rasend klopft ihr Herz vor Angst, hechelnd geht der Atem, sie möchte verschwinden, sie möchte gar nicht mehr da sein, sie möchte keine Luft mehr schöpfen müssen, es kann sein, daß sie sich dadurch verrät. Nichts kann sie jetzt tun, sie läßt sich nach hinten auf die Matratze sinken, lautlos kommen die Tränen.

Ich muß immer stark sein, verstehst du?/ ich habe immer stark sein müssen, weil die anderen kein Rückgrat gehabt haben/ ich kann mir nicht leisten, schwach zu sein, weil daß mir neben einem Erwachsenen einmal eine Träne auskommt, nicht ums Verrecken/

Und er hat sie nicht gefunden, wieder einmal ist alles gut gegangen, als sie die Polizei kommen hört, öffnet sie schnell die Tür, der Mann wird überrascht und abgeführt, ohne eine Ahnung zu haben, wo sie sich versteckt hatte, die Kinder haben geschlafen und nichts mitbekommen.

Das ist ja ein Witz/ ein Wahnsinn ist das/ da ist das Plus schon wieder ein Minus/ das ist ja das Witzige/

Wie still die Nacht ist. Das Ticken der Küchenuhr. Die schenke ich dir, damit du weißt, wieviel es geschlagen hat, sagt er.
Das Klappern der Stricknadeln. Oder das Rascheln der Seite beim Umblättern des Rätselheftes. Sie hat einen Polstersessel aus dem Wohnzimmer in das Vorhaus geschoben. Darin macht sie es sich bequem. Eine Decke hält warm. Von Zeit zu Zeit steht sie auf, geht in die Küche, gießt sich Kaffee in die Tasse. Die Kühlschranktür öffnet sie leise. Sie sieht nach den Kindern. Wie ruhig sie schlafen. Die Kleine lächelt im Traum. Sitzen und warten. Wie spät ist es? Im Vorhaus brennt ein schwaches Licht. Sie schläft untertags. Untertags ist sie sicher. Er hat nach seiner Entlassung Arbeit bekommen. Er kann nicht weg. Sonst würde er den Posten gleich wieder verlieren. Er befindet sich noch in der Probezeit.
Sie schlüpft aus den Hausschuhen, zieht die Beine an den Körper, kauert sich zusammen.

Es ist fast gemütlich. Die Müdigkeit ist ein samtener Mantel. Die Bitterkeit des Kaffees auf der Zunge. Sie sieht auf die Uhr. Wenn er kommt, soll er bald kommen. Dann findet sie wenigstens noch ein paar Stunden Schlaf. Je später, umso schlechter.

Leider Gottes/ Gott, o Gott/ Gott sei Dank/ um Gottes willen/ weiß Gott, was/

Kennen wir uns oder nicht, oder was, sagt er und setzt sich in einem Gasthaus zu ihr an den Tisch. So lernen sie sich kennen. Erwin, bitte reiß dich heute ein bißchen zusammen, sagt die Mutter, die Inge bringt Besuch mit. Der Vater knurrt und betrinkt sich später. Mir gefällt er, meint die Mutter nachher. Hat er was Anständiges gelernt, fragt der Vater.

Die Mutter hat mir überall dreingeredet/ sie hat mir prinzipiell nichts erlaubt/ sie war an sich sehr streng/ sie hat mir die Berufswahl erschwert/ sie hat mich immer für eher dümmlich gehalten/ sie war religiös und hat gemeint, ich soll mich anpassen und dem Mann untertan sein/ sie hat immer nur geschimpft mit mir/ sie hat wie eine Krähe auf mich losgehackt und hat mir alles verboten/

Sie möchte endlich aus dem Haus. Sie möchte schnell heiraten. Sie möchte einen richtigen Mann haben. Sie möchte Kinder kriegen. Der Vater ist ein Greis, achtzehn Jahre älter als die Mutter. Der Bruder kann vom Vater haben, was er will. Wenn sie ihn um einen Zehner bittet, wird er unwirsch. Jetzt braucht sie schon wieder Geld, bekommt sie zu hören.

Hast du den Begriff Coalkoholiker schon einmal gehört? /das ist das Kind von einem Alkoholiker/ das nimmt sich, weil es nur mit Alkoholikern umgehen kann, wieder einen Alkoholiker/ mein Vater war Alkoholiker/

Jetzt sind wir eine richtige Familie, sagt er. Ich gehe in die Arbeit und du bist die Hausfrau. Er mag es, wenn er nach Hause kommt, daß das Essen auf dem Tisch steht. Sie weiß bald, was ihm schmeckt. Sie darf den Salzstreuer nicht vergessen. Der Salzstreuer muß auf dem Tisch stehen.
Komm her, sagt er am Abend zu ihr und sie setzt sich zu ihm auf die Couch. Er mag keine Zärtlichkeiten. Entweder richtig oder gar nicht, sagt er. Während sie miteinander schlafen, läuft das Fernsehprogramm.

Sie hustet/ sie schluckt/ Fluglärm/ vierzehn Sekunden Pause/ sie lacht/ sie trinkt Tee/ Hundebellen/ achtzehn Sekunden Pause/ sie zieht die Nase hoch/ sie schäkert mit dem Hund/ die Kinder kommen/ siebenundzwanzig Sekunden Pause/ Sie reibt die Schuhsohle am Tisch/ sie zieht die Vorhänge zu/

Was ist los, fragt er, warum willst du nicht. Ich bin schwanger, sagt sie. Warum sagst du das nicht gleich, sagt er. Sie gehen feiern. Er spendiert eine Runde im Lokal.
Er ist ein tüchtiger Arbeiter. Er hat viele Freunde. Ich kann nicht immer nur daheim herumsitzen, sagt er. Wo du doch jetzt schwanger bist. Ich habe es immer gewußt, daß es ein Bub wird, sagt er stolz. Das Kind bekommt seinen Vornamen.

Jetzt sind wir eine richtige Familie, sagt er. Schläft er schon, fragt er sie, nimmt sie an der Hand und zieht sie zur Couch. Jetzt bist du ja nicht mehr schwanger, sagt er. Im Fernsehen läuft Herzblatt.
Sie muß den Kleinen füttern und hat auf den Salzstreuer vergessen. Du vernachlässigst mich, sagt er und geht ins Wirtshaus. Spät kommt er nach Hause. Sie wird wach, als er sich über sie beugt. Sind wir wieder gut, sagt er. Er stinkt nach Bier. Nur ein bißchen, sagt er und greift ihr zwischen die Schenkel.
Der Salzstreuer steht wieder auf dem Tisch. Der Kleine will nicht einschlafen und weint. Kannst du das nicht endlich abstellen, schreit er, das ist ja nicht zum Aushalten. Spät kommt er nach Hause. Ich bin schwanger, sagt sie. Er starrt auf den Fernseher und schaut sie nicht an. Hast du nicht aufgepaßt, oder was, sagt er. Der Kleine patzt beim Essen. Zweimal kleckst er mit dem Löffel Brei auf den Tisch. Jetzt gib doch endlich einmal Ruhe, schreit er und schlägt dem Kind mit der Faust auf die Finger. Der Löffel fällt auf den Boden hinunter.

Er war sehr ruhebedürftig/ Lärm hat ihn überhaupt maßlos gestört/ und mit kleinen Kindern, das geht nur mit ein bißchen Lärm/ er hat gemeint, solche Faxen brauche ich nicht, ich habe ohnehin die Kinder und ich habe ihn und wozu brauche ich da andere Bedürfnisse/ mit der Zeit habe ich keine Wünsche mehr geäußert/ Bedürfnisse zu haben war fast schon eine Sünde/ er hat also einfach vollkommen über mich verfügt und ich habe mich da gar nicht wehren können/ er hat mich richtig in der Hand gehabt/

Ein paar Wochen später rührt er das Essen nicht an. Jemand hat Anzeige gegen ihn erstattet. Mit zwei Arbeitskollegen hat er schwarz Baumaterial auf die Seite geschafft. Diese Sau, wenn ich erwische, die mich verpfiffen hat, bringe ich um, sagt er ganz ruhig. Warum hast du das gemacht, fragt sie. Angehen gar nichts, schreit er sie an. Spät kommt er nach Hause.
Die Geldstrafe ist hoch. Er muß einen Kredit aufnehmen. Du bist meine Frau, sagt er. Wir sind eine Familie. Wir müssen zusammenhalten. Sie muß eine Bürgschaft unterschreiben.
Wir müssen sparen, sagt er. Ich muß dir das Haushaltsgeld kürzen.
Das zweite Kind kommt auf die Welt. Die Sache ist geritzt, leider ein Weiberl, sagt er. Du kannst dir den Vornamen selbst aussuchen, mich geht das nichts an, sagt er, hättest du aufgepaßt.

Weil der Mann war/ wie soll ich sagen/ er war ansehbar/ er hat vor allem eine liebe, sanfte Stimme gehabt/ er war Nichtraucher und kein Mensch hätte gedacht, daß er so sein kann/ lange Wimpern und blaue Augen, also wirklich/ wie so ein Märchenprinz/
Weil er hat einmal wirklich gesagt/ wenn ich rot sage, hast du auch rot zu sagen/ und nicht blau/ wenn es in Wirklichkeit blau ist/
Weil er ist der Geldgeber, der Verdiener/ und die Frau ist nur ein Patscherl und dumm außerdem/ und ich schau nix gleich und lauter solche Sachen/

Am Samstag geht sie zum Friseur. Der Mann

bleibt bei den Kindern. Wie war es denn, fragt sie, als sie nach Hause kommt. Der Michi war frech, sonst alles o. k., sagt er. Michi liegt schon im Bett. Er hat blaue Flecken am ganzen Körper.

Der Mann sitzt am Eßtisch und möchte ein warmes Essen. Warst du das, fragt sie ihn, das mit dem Michi? Bist du verrückt geworden, schreit sie, noch einmal, und ich zeige dich an. Er nimmt den Salzstreuer und wirft ihn ihr an den Kopf. Das hast du davon, sagt er, von wem hat der Bub denn die Frechheiten. Früh am Morgen kommt er nach Hause, schwerbetrunken. Sie wird wach, als er sich über sie beugt. Das lasse ich mir nicht bieten, lallt er sie an und schlägt ihr mit der flachen Hand ins Gesicht. Zweimal, dreimal. Am nächsten Tag ist ein Auge zugeschwollen. Eine Gelse habe sie gestochen, erklärt sie einer Nachbarin.

Sie kauft einen neuen Salzstreuer. Er ißt schweigend. Wenn er redet, brüllt er. Sie schreit zurück. Abends kommt er nicht nach Hause. Gegen drei Uhr früh wird sie wach und greift in das andere Bett hinüber. Es ist leer. Sie kann nicht mehr einschlafen. Sie stellt Teewasser auf und setzt sich in die Küche. Wartet, bis es hell wird. Der Mann kommt den ganzen Tag nicht nach Hause.

Abends ißt sie allein. Die Schwellung geht zurück. Der Mann kommt nicht nach Hause. Sie ruft die Mutter an. Sie erzählt nichts von den Schlägen. Warte, bis der Zorn verraucht, sagt die Mutter, der wird schon wieder kommen.

Am nächsten Tag kommt er zum Essen. Er ißt schweigend. Na, was ist denn, sagt er und will sie auf die Couch ziehen. Es geht nicht, ich

habe die Regel, sagt sie. Wohin gehst du, fragt sie ihn, als er die Wohnung verläßt. Sie sitzt allein in der Küche und weint. Die kleine Tochter hat einen unruhigen Schlaf und fiebert. Sie kocht für sich allein. Der Salzstreuer bleibt in der Kredenz. Er soll eine Freundin haben, erzählt ihr jemand. Die Frau eines Arbeitskollegen.
Langsam bleiben die Tränen aus. In einer Zeitung entdeckt sie die Anschrift einer Stelle zum Schutz bedrohter Frauen. Sie schreibt die Telefonnummer auf einen Zettel.

Ich habe ihm nichts recht machen können/ ich habe direkt am Leben vorbeigelebt/ ich war den ganzen Tag also für die Familie da/ ich habe alles getan, damit er nichts zu meckern hat/ ich bin immer auf hundertachtzig gewesen/ ich bin keine Frau mehr gewesen, ich war einfach nur mehr ein Befriedigungsapparat/ ich habe einen Zorn/ ich bin kein Kind von Traurigkeit/ ich kann nicht dauernd ein ganzes Leben nur davonlaufen/ ich könnte alles zusammenschlagen/ ich habe keine andere Wahl/ ich sehe rot, wenn ich eine Hose sehe/ ich habe angefangen, alles zu durchschauen/ heute denke ich darüber anders/ ich suche einen neuen Weg/

Nach ein paar Tagen kommt er wieder. Es steht kein Essen auf dem Tisch. Du kannst dich von deiner Schlampen bekochen lassen, aber nicht von mir, sagt sie ganz ruhig. Er schlägt gleich zu. Die Unterlippe platzt auf. Von der Küche bis ins Badezimmer: Bluttropfen am Boden. Das ist immer noch meine Wohnung, das sind immer noch meine

Kinder, schreit er ihr ins Bad nach, wo sie sich das Blut herunterwäscht. Hör auf zu heulen, sagt er, sei froh, daß ich dir die Kinder noch lasse, wenn ich einen guten Platz für sie finde, nehme ich sie mit.
Plötzlich steht der Kleine an der Tür: ich kann nicht schlafen. Die Mam hat sich die Lippe aufgeschnitten, sagt sein Vater. Der Pap sagt, du sollst ins Bett gehen.
Lange sitzt sie in der Küche, kann nicht schlafen, die Lippe schmerzt. Sie wird zum Arzt gehen und sich ein Attest holen und den Mann bei der Polizei anzeigen.
Wie lange schon, fragt der Kriminalbeamte, wie oft hat er sie geschlagen? In alkoholisiertem Zustand, gibt sie zur Antwort. In alkoholisiertem Zustand, sagt der Beamte, das wird mildernde Umstände geben.

Wie soll ich denn sagen/ und, ich habe, es ist so/ hin und her, oder so, weil/ was weiß ich/ weißt eh, wie das ist / und ich muß sagen/ ach was/ und ob/ ich weiß auch nicht, wie ich sagen soll/ bin ich halt irgendwie, und ich, wie ich es, sofort wieder irgendwie/ ja, nein und das / weil das ist das einzige/ daß ich es nicht vergesse/ aber nur so gehts / weil den möchte ich sehen / es ist schwer zu sagen/

Frühmorgens schreckt sie hoch. Nach Tagen kommt er wieder in die Wohnung. Er geht leise. Er ist nicht betrunken. Sie sitzt im Bett und wartet. Er geht nicht in das Schlafzimmer. Sie zieht die Decke vors Gesicht. Mein Gott, daß den Kindern nichts passiert. Sie hört ihn in der Küche kramen. Gleich darauf steht er in der Tür.

Das wirst du mir büßen, flüstert er, er will die Kinder nicht wecken, hält in der Hand ein Messer, sie schießt aus dem Bett, du bist eine Löwin, du mußt dich wehren, schon sticht er zu, sie fällt ihm in den Arm, ein kurzer Schmerz nur, der schnell nachläßt, war das schon alles, sein Atem geht schnell, er spricht kein Wort, laß mich in Ruhe, sagt sie, bitte, da spürt sie es am Oberarm, warm rieselt es über die Haut, das Nachthemd färbt sich rot, sein starker Arm holt aus, wortlos sticht er zu, sie kann ihn von sich drücken, sie flüchtet in die Küche, er ihr nach, mit lautem Knall schlägt eine Tür zu, laß die Kinder wach werden, bitte, schützend hebt sie die Arme hoch, da schlägt er zu, die Messerfaust wirft sie zu Boden, jetzt: nichts hält mehr den Atem zurück, jetzt schrei, jetzt schrei, jetzt schrei. Kommt da nicht ein Geräusch aus dem Kinderzimmer, jäh hält er inne, kniet neben ihr auf dem Boden, seine Ärmel, seine Knie ganz rot von Blut, dann läßt er von ihr ab, geht nachschauen, und der Bub springt hinaus aus dem ebenerdigen Fenster und rasch verläßt er die Wohnung, sie bleibt am Küchenboden zurück, liegt in der eigenen Wärme, rot rinnt es aus ihr, wie lange liegt sie, mein Gott im Himmel, was ist denn da passiert, sagt die Nachbarin. Als Hilfe kommt, ist das Blut am Arm bereits eingetrocknet, jetzt kann sie lange, lange schlafen.

Bisher bin ich immer relativ glimpflich davongekommen/ weil, wenn ich überhaupt nichts getan hätte, würde ich schon längst nicht mehr leben/ bin ich noch einmal glücklich davongekommen/

Am Gericht sehen sie sich wieder. Er bekommt fünfzehn Monate wegen Mordversuch. Wenn ich herauskomme, kannst du was erleben, flüstert er ihr zu, als er vorbeigeführt wird.
Fünfzehn Monate atmen, leben, es gibt keinen Mann mehr, ich habe zwei Kinder, sagt sie, ich bekomme Kinderbeihilfe, ich bekomme Sozialhilfe, wir kommen durch. Langsam vernarben die Wunden.
Ein Zeitungsreporter kommt auf Besuch. Sie soll genau so erzählen, wie es war. Für den Fotografen muß sie die Bluse hinaufkrempeln, damit man die Narbe am Oberarm sehen kann. Auf dem Teppich im Vorhaus ist noch ein dunkler Fleck zu sehen, der beim Putzen nicht weggegangen ist. Die richtige Ausleuchtung ist alles, erklärt der Fotograf.
Das ist ja ganz anders abgelaufen, sagt sie zur Nachbarin, die ihr den Zeitungsausschnitt bringt, das, was ich gesagt habe, steht nicht einmal drinnen. Sie können wahrscheinlich nicht die ganze Zeitung für einen Fall verwenden, sie müssen abkürzen, sagt die Nachbarin.
Stimmt es, sie waren in der Zeitung, fragt die Trafikantin, was sie mitmachen haben müssen, und die armen Kinder.
Bald fragt niemand mehr nach.

Sorgen macht man sich, und also lauter solche Gedanken kommen einem unter, aber/ nur die Harten kommen durch/ du kommst ja nie auf einen grünen Zweig/ konsequent sein ist oberstes Gebot/ die ideale Ehe ist am besten eine Traumtrennung/ jeder Mensch hat zwei Möglichkeiten: entweder, was aus sich zu machen, oder unterzugehen/ Leidenschaft kommt von Leiden und von Liebe steckt da nix drin/ Liebe ist schön, aber wenn man sie nur mit einem Mann macht, ist sie wahrscheinlich nur das halbe Vergnügen/ mit der Zeit gewöhnt man sich an alles/

Wo ist der Pap, fragt Michi. Weit fort, sagt sie, aber, wenn er wiederkommt, wird er dir bestimmt ein Spielzeugauto mitbringen.
Warum hast du dich mit so einem Gauner eingelassen, sagt der Vater. Lieb sind sie ja, die Kinder, sagt die Mutter, aber trotzdem sind es die Kinder von einem Verbrecher.
Ah so, du hast zwei Kinder, das sieht man dir gar nicht an, sagt ein fescher Mann, den sie auf der Dult kennenlernt, also dann, vielleicht sehen wir uns wieder einmal.
Warte Mam, schreit ihr der Kleine beim Radausflug nach. Was ist das für eine Sauerei, schreit sie, seit wann machst du am hellichten Tag in die Hose.

Es geht alles von Generation zu Generation weiter/ es hat alles seine Vor- und Nachteile/ es gibt niemanden, der keinen Fehler hat/ es nützt ja nichts / es läßt sich nicht alles mit Vernunft regeln/

Wie schnell ein Jahr vergeht. Es wäre besser, Sie suchen sich eine neue Wohnung, sagt die Beamtin.
Noch zwei Monate. Noch einen Monat.
Rufen Sie mich an, wenn er sich bei ihnen meldet, sagt der Anwalt.
Es läutet an der Tür. Die Zeit ist um. Sie sieht ihn durch den Türspion. Ich bin es, sagt er. Ich

weiß, daß du da bist. Mach auf, sonst schlage ich die Türe ein. Es sind auch meine Kinder. Er ist nicht betrunken. Sie öffnet die Tür. Er geht in das Kinderzimmer. Er sitzt am Bettrand und betrachtet die Kinder. Er hat kein Wohnrecht mehr. Ich komme wieder, sagt er. Sie schließt die Tür. Zitternd steht sie in der Küche. Es ist nichts geschehen. Sie ruft niemanden an.
Spätnachts steht er vor der Tür. Ich bin es, sagt er. Er ist betrunken. Sie öffnet die Tür. Die Kinder schlafen, sagt sie.
Du hast mein Leben zerstört, sagt er, du sollst mich nicht so schnell vergessen. Ich komme wieder, sagt er und verläßt die Wohnung.
Solange nichts passiert, können wir nichts machen, sagt der Anwalt. Lassen Sie ihn nicht mehr herein. Rufen Sie die Polizei.
Wann kommt er? Sie muß wachsam sein. Er darf sie nicht im Schlaf überraschen.

Ich glaube, alles ist so und so/ damit muß ich leben / es ist einfach so, und so ist das und aus/ da ist nicht viel zu machen/ und so hat das Ganze seinen Lauf genommen/ und da gibt es keine Probleme/ und das Ganze war in der Weise so verfahren/

Wie spät ist es? Sie ist müde vom Grübeln. Sie weiß nicht, ob er diese Nacht kommt. Sie hat Kaffee getrunken. Die Kinder schlafen. Das Rätselheft liegt auf dem Boden. Das Ticken der Küchenuhr. Wie die Kälte langsam durch die Wolldecke kriecht. Neben dem Telefon liegt ein Zettel mit Ziffern. Es ist die Telefonnummer des Frauenhauses. Sie hat sie neulich wieder gefunden. Wie lange hat sie gewartet? Sie hat wachend geschlafen. Es ist nicht zu spät. Sie wird sich selbst helfen. Aus. Endlich. Mit ruhigen Fingern wählt sie die Nummer.

Ich möchte einmal Wurzeln schlagen, irgendwo.

Leidensdruck der Arbeitswelt

Der Erzähler Rudolf Habringer

Der Band „Aus. Endlich" vereint erstmals in größerer Konzentration Erzählungen von Rudolf Habringer, der in der Saison 1990/91 als „Linzer Geschichtenschreiber", eingeladen von der Stadt und der Linzer Veranstaltungsgesellschaft, im Kremsmünsterer Stiftshaus Quartier genommen hat.

Rudolf Habringer hat schon 1989 den Ersten Preis der Jury im Max-von-der-Grün-Wettbewerb zur Förderung der Literatur der Arbeitswelt erhalten. Ein weiterer Text von ihm, ein Jahr später eingereicht bei derselben Jury, trägt den Titel „Tod eines Papierarbeiters" und wurde, ebenso wie die erste ausgezeichnete Arbeit, in diesen Erzählungsband aufgenommen.

Zum zweiten Mal schienen sich damit die sprachlich-analytischen Fähigkeiten des Autors vor einem kritischen Forum zu bestätigen.

Im vorliegenden Buch werden insgesamt vier charakteristische Texte vereinigt, die allesamt die Alltags- und Arbeitswelt als ursprüngliche Motivation des Autors erkennen lassen.

„Tod eines Papierarbeiters", und „Sieben Tage" sind darüberhinaus im besonderen eine Auseinandersetzung des Schriftstellers mit dem Fließbandprozeß, der Anonymität und graduellen Menschenfeindlichkeit der Arbeit in unserer Gegenwartsgesellschaft. Habringer ist jedoch in seinen Schilderungen keineswegs ein einseitiger ideologischer Agitator, sondern er zeigt die Ausweglosigkeit und das Bedrückende von Arbeitssituationen als ein im

Augenblick der Beobachtung und Aufzeichnung nicht eliminierbares Element der Existenz seiner Figuren. Seine Anklage legt einen fortschreitenden menschlichen Deformationsprozeß frei.
Die existentielle Gesellschaftskritik geht über die Verwüstungen der äußeren Abläufe noch weiter in die körperliche und seelische Zerstörung von Menschen, die sich in der Zwangslage des Alkoholismus befinden, und die Expedition in die Extremlandschaften menschlicher Unfreiheit endet sogar in der Zone der Freiheitsberaubung, wie sie sowohl der Häftling als auch der psychisch Kranke in der Zelle bzw. im Einzelbehandlungsraum erleiden.
Es spricht für die wachsende literarische Fähigkeit von Rudolf Habringer, daß er für jeweils unterschiedliche Erzählwelten auch deutlich gegeneinander abgesetzte Techniken entwickelt hat.
So zeigt der Stadtschreiber bei spontanen Beobachtungen und Notaten einen witzig-lakonischen Ausdruck, der auch Spuren von Kabarett, Parodie und Satire verarbeitet.
In den Schilderungen der Arbeitswelt ist die Sprache oft ganz auf expressive und lapidare Hauptsatzkürze ohne Schmuck zurückgenommen.
Wendet sich allerdings Rudolf Habringer den skurrilen Zwischenbereichen der Bürokratie und des (Tages-)politischen zu, dann versteht er es, beamtlichen Protokollstil glänzend und entsprechend gewunden zu persiflieren.
Ein dritter Bereich von Habringers literarischer Praxis zeigt schon vertrauten Umgang mit dem Experimentellen, der Montage etwa von

bestimmten Textsegmenten und -sequenzen, der sprachlichen Verfremdung durch angespannte Expressivität, die bis zur Auflösung herkömmlicher syntaktischer Gefüge führen kann. Die beiden letzten Prosastücke „Aus. Endlich" und „Im Kreis" sind sprechende Beweise dafür.

Peter Kraft

RUDOLF HABRINGER, geboren 1960 in Desselbrunn/Oberösterreich (bei Schwanenstadt) war 1990/91 der fünfte „Linzer Geschichtenschreiber", der als Gast der Stadt Linz und der LIVA für ein knappes Jahr Quartier im Kremsmünsterer Stiftshaus genommen hat. Er studierte, nach der Mittelschule in Linz, Germanistik und Theologie an der Universität Salzburg, ebenso absolvierte er sein Probejahr als Lehrer sowie seinen Zivildienst in Salzburg. Rudolf Habringer arbeitete als Sozialhelfer und Billeteur und wirkte auch als Regieassistent am Salzburger Landestheater. Ebenso profilierte er sich als Schauspieler, Kabarettist und Pianist.

Für seine 1988 verfaßte Erzählung „Das Zittern des Hofrats" erhielt er 1989 den Jörg-Mauthe-Preis in Wien. Im gleichen Jahr wurde ihm der Max-von-der-Grün-Förderungspreis in Linz zugesprochen. Die Nominierung zum „Linzer Geschichtenschreiber" erfolgte durch die Jury des Jägermayrhofes, welche über die Max-von-der-Grün-Preise zur Förderung der Literatur der Arbeitswelt entscheidet. Habringer hat bereits außer Erzählungen und Kurzprosa auch einen Roman vollendet. Er arbeitete in Linz u. a. an einem weiteren Roman.

Inhalt